MARIAN WOODRUFF

Tu me
connais mal

Traduit de l'américain par
Josette Gontier

 Sweet Dreams

HAUTE TENSION

L'édition originale de ce roman
publiée chez Bantam Books, Inc., New York,
a paru sous le titre :

IT MUST BE MAGIC

Collection SWEET DREAMS *marque déposée (TM) de Bantam Books Inc.*
© *Marian Woodruff and Cloverdale Press, 1982*
© *Hachette, 1986.*
79, boulevard Saint-Germain, 75006 Paris.

« Ça n'a pas commencé, au moins ? » Hors d'haleine, Alicia se glissa entre ses deux amies Jennifer et Jill, et mordit à pleines dents dans son sandwich.

« Tu es juste à l'heure, dit Jennifer. On vient de mettre aux enchères Russ Monteith et Cathy Hobbs. Tiens, voilà Mike ! Qu'est-ce qu'il est chouette, avec son turban ! »

Le cœur d'Alicia se mit à battre la chamade... Jennifer n'avait pas besoin de lui préciser que le garçon qui arrivait était Mike. Elle l'aurait reconnu toute seule, même s'il arborait aujourd'hui une serviette de sport en guise de turban.

Ce lundi marquait le début de la traditionnelle *Junior Genie Week*, à Glenwood High.

Chaque année, on mettait les élèves les plus sympathiques du lycée aux enchères.

Costumés en personnages des Mille et Une Nuits, ils appartiendraient au plus offrant et seraient ensuite, durant toute la semaine, entièrement à ses ordres, même aux plus farfelus. Malgré de petits inconvénients, être « bizut » constituait un honneur. Tous les élèves de première année espéraient être choisis.

Alicia se souvint tout à coup du succès remporté l'année précédente par ce pitre de Todd Weathers, qui s'était affublé d'un ciré jaune et d'un bonnet de douche rose. Toute l'école était aux fenêtres pour le voir courir sous la pluie...

Un défilé, puis un grand bal costumé clôturaient la fameuse semaine. La soirée dansante avait lieu le samedi : le bal des Mille et Une Nuits. Cette année, on avait choisi le thème d'« Ali Baba et les Quarante Voleurs ». Alicia aurait bien aimé y aller... Mais c'était là un secret dont elle n'avait fait part à personne.

Pour l'instant, elle ne quittait pas la scène des yeux. En attendant son tour, Mike faisait le clown. D'un instant à l'autre, il serait mis aux enchères. Les exclamations qui saluaient ses pitreries semblaient l'amuser au plus haut point.

Alicia ne put s'empêcher d'envier l'aisance de ce garçon face à une si nombreuse assistance. Elle, au contraire, se sentait toujours gênée et gauche en public : c'était sans doute pour cette raison qu'elle restait plongée dans ses livres.

Avec ses cheveux mi-longs, raides et bruns, ses yeux bleus et ses taches de rousseur sur le nez, elle s'estimait insignifiante, et se trouver face à des inconnus la terrorisait littéralement. Jamais, au grand jamais, elle n'aurait pu se conduire sur scène comme Mike.

Outre le turban-serviette, il portait un vieux pantalon de survêtement auquel on avait cousu des bandes de soie sur les côtés pour lui donner un petit air oriental. Sans doute l'œuvre de Maggie Connaway, sa petite amie, pensa Alicia. Une des filles les plus enviées du lycée, jolie, toujours pimpante, à la page, habile couturière. Une perle, quoi...

Les élèves attendaient le moment de monter sur le podium — une simple caisse ornée d'une lampe d'Aladin en carton, collée sur le devant. Ils étaient si bizarrement accoutrés qu'Alicia eut du mal à reconnaître certains d'entre eux.

Elle identifia cette effrontée de Kelly Wiseman, un boute-en-train à la chevelure noire, et Bob Lauren, de l'équipe de football du lycée : ce dernier souffla quelques mots à l'oreille de Kelly qui partit d'un grand éclat de rire. Il y avait aussi Chris Teall qui portait un pantalon de pyjama resserré aux chevilles par des élastiques ; Skeeter Hollis, un géant dégingandé, un véritable clown aussi, faisait semblant d'attaquer revolver au poing Jaynie Cox, que cela n'amusait guère. Hautaine, chacun de ses cheveux blonds bien à sa place, elle ne bougeait pas d'un pouce.

Maintenant, Mike faisait la roue sur la scène. Son exhibition entraîna un tonnerre d'applaudissements.

« Au fait, bon anniversaire, Alicia ! » lança Jill à sa voisine.

Un sourire malicieux creusait des fossettes dans ses joues rebondies tandis que ses yeux bleus brillaient d'excitation.

« Ça ne va pas ! s'exclama Alicia. Mon anniversaire tombe dans plus de quatre jours. Mais vous mijotez quelque chose, Jennifer et toi. J'espère que ce ne sera pas une surprise dans le genre de celle de l'année dernière. Quel désastre ! »

Jennifer lui lança un regard penaud.

« D'accord, c'était raté. Mais si je n'avais pas oublié de sortir ma pizza du four, tu ne pourrais pas en dire autant...

— Quand je pense que nous avons été obligées d'aller dans une pizzeria ! s'exclama Jill. Pas très original, pour un anniversaire... »

Jennifer rectifia une mèche rebelle. Ses cheveux noirs étaient si fins qu'elle avait du mal à les discipliner.

C'était la plus drôle du trio. Toujours prête à inventer de bons tours et capable d'entraîner les deux autres dans son sillage. Pour leur plus grand bien, assurait-elle. Alicia avait besoin qu'on la remue et Jill, qu'on l'oblige à redescendre sur terre !

« Cette fois, tu ne seras pas déçue, parole d'honneur, assura-t-elle à Alicia. Tu peux me croire ! Nous t'avons préparé une de ces surprises ! Tu es à des millions d'années-lumière de deviner en quoi elle consiste ! Seize ans, ça se fête en grande pompe, pas vrai ? »

Seize ans... Et aucun garçon ne l'avait encore embrassée... Cette pensée envahit soudain l'esprit d'Alicia.

En fait, ce n'était pas tout à fait exact. On l'avait déjà embrassée. Deux fois, même. Thommy Saint Clair, en sixième, lui avait donné un petit bisou de rien du tout. Et puis, cela ne comptait pas puisqu'il s'agissait d'un pari entre lui et ses copains, comme il le lui avait avoué par la suite.

La seconde fois, c'était avec Ron Kemp, l'été dernier, à Searsville Lake. Tous deux s'étaient portés volontaires pour quitter la plage et aller acheter des Cocas et des hot-dogs pour toute la bande. Ron était un garçon tranquille, un rouquin. Le fils d'amis des parents d'Alicia.

Alicia savait qu'il était amoureux d'elle mais elle avait été toute surprise lorsqu'il l'avait attirée à lui, et l'avait embrassée sitôt arrivés derrière un bouquet d'arbres. Tout ce dont elle se souvenait, c'était un goût d'huile solaire...

Ce n'était pas un baiser historique, loin de là !

Rien à voir avec cette scène de *La Fièvre du*

samedi soir, où John Travolta embrasse sa petite amie sur la piste de danse. Si Mike l'embrassait, ce serait sûrement quelque chose dans ce genre... Mais à quoi bon rêver... Elle n'aurait jamais cette chance, elle ! Pourtant, en secret, elle se prenait souvent à penser que, peut-être... Allons donc, Mike savait tout juste qu'elle existait ! Et même, à supposer qu'il lui donne un rendez-vous, par miracle, qu'est-ce que cela changerait ? Il s'apercevrait vite qu'elle était aussi sérieuse qu'inintéressante et s'ennuierait à mourir toute la soirée.

On avait choisi Casey Wilcox, chef de classe des « première année », comme commissaire-priseur. Il donna un coup de marteau contre le podium et fit signe à Mike de s'avancer. Les enchères allaient commencer pour lui.

Une main se leva et une voix forte annonça : « Un dollar ! A la seule condition que Maggie soit du lot ! »

Une vague de rires salua la remarque. Alicia enviait Maggie, si séduisante dans son costume d'odalisque, couleur lilas, au corsage de satin orné de paillettes. Avec ses yeux d'un bleu profond, ses longs cheveux blonds et son visage à l'ovale parfait, elle était tout simplement superbe.

« Je parie qu'elle a passé la nuit à coudre son déguisement, siffla Jill d'une voix empreinte d'une bonne dose de sarcasme. Elle ne sait donc pas qu'il s'agit avant tout de s'amuser ? »

10

Alicia n'eut pas le temps de faire le moindre commentaire. Une voix venait de crier, de l'autre côté de la salle.

« Deux dollars ! »

C'était Libby White, une fille écervelée, sans cesse envoyée chez le surveillant à cause de son bavardage continuel. Elle avait des tas de camarades mais aucun petit ami, pour autant qu'Alicia le sache. Et si elle avait un béguin pour Mike ? pensa-t-elle soudain.

« Deux dollars soixante-quinze !... »

Bientôt, l'enchère atteignit huit dollars. Le record de l'année précédente était de douze, pour Cheryl Dimarco. Elle avait d'ailleurs été élue reine au cours du Bal des Mille et Une Nuits.

Alicia se sentit toute triste, à la pensée de ce bal. Jennifer irait avec son petit ami, Kevin Butler. Quant à Jill, elle ne s'en souciait guère : elle devait se rendre, ce soir-là, à San Francisco pour assister au mariage d'un cousin, le lendemain.

Mike était la vedette du jour. Alicia le remarqua avec plaisir. Tandis que les enchères montaient toujours, il se mit à traverser la scène en traînant les pieds, ce qui déclencha un déluge d'applaudissements. Il salua lentement, les mains jointes et les coudes écartés. Son turban était légèrement de travers et quelques boucles frisottaient d'un côté de son visage.

Alicia l'avait remarqué pour la première fois

à la rentrée. Il était assis devant elle, en classe de dessin. Elle ne le voyait donc que de dos, la plupart du temps.

Un jour, elle avait dû lutter contre la tentation ridicule de glisser ses doigts dans les boucles qui descendaient dans le cou du garçon. Cette pensée l'avait rendue cramoisie.

L'un de leurs premiers devoirs avait consisté à faire leur portrait respectif. M. Mueller les avait mis deux par deux, et c'est ainsi qu'elle était tombée avec Mike.

« Tu es drôlement douée ! s'était-il exclamé en découvrant son portrait. Tu prends des cours ? Ou c'est un don, dans ta famille ?

— Mon père est un artiste, avoua Alicia avec timidité. Du moins, il l'était... Il y a longtemps... Avant son mariage. Maintenant, il vend des assurances. »

C'est à cet instant qu'elle s'était rendu compte combien ce métier devait être ennuyeux, même si son père prétendait qu'il le passionnait. M. Stewart avait un excellent contact avec les gens, ce dont Alicia aurait bien aimé hériter.

« Tu devrais cultiver ce don, poursuivit Mike. Tu envisages peut-être de suivre les cours d'une école d'art plus tard ? »

Il avait alors un air sérieux qu'elle ne lui connaissait guère. D'ordinaire, il n'arrêtait pas de plaisanter et de chahuter avec ses amis.

« Je pense aller à l'université, répondit Alicia, mais je ne sais pas encore si je me spécialiserai dans le dessin. Et j'ignore si cela offre des débouchés. Et toi ? »

Il haussa les épaules, fit une grimace signifiant en clair qu'il n'avait pas d'idée précise sur le sujet.

« Je ne sais pas... Savoir si je serais pris quelque part, avec les résultats que j'ai ! M. Clarke, le conseiller d'éducation, prétend que je suis un cas extrême de paresse. »

Alicia ne parla pas de son excellente moyenne. Un « A »...

A cet instant, elle aurait aimé partager l'attitude de Mike vis-à-vis de l'école et de la vie en général. Pourquoi ne parvenait-elle jamais à se détendre, à n'étudier que pour le plaisir ? Elle ne l'imaginait pas en train de passer des nuits entières à préparer un contrôle, comme elle le faisait souvent elle-même.

Malgré ses seize ans, elle n'avait pas connu beaucoup d'aventures. Elle était toujours gauche et timide dans les surprise-parties, aussi déclinait-elle toutes les invitations sous prétexte qu'elle avait du travail. Pour sauver la face, elle assurait que les études constituaient une sorte de passe-temps pour elle.

Jennifer avait beau l'assurer qu'elle avait un certain sens de l'humour, qu'elle devait seulement se laisser un peu porter par les événements, elle ne la croyait qu'à demi. Comment quelqu'un pourrait-il être à la fois sérieux et drôle ?

« Fonce, lui avait conseillé un jour Jennifer. Ça marche ou ça ne marche pas ! Il n'y pas de demi-mesure ! »

Facile à dire...

Les soirs de week-end, elle étudiait, lisait ou, rarement, regardait la télévision. Le samedi, elle faisait souvent un tour à bicyclette ou de l'escalade dans les montagnes voisines. Le soir, elle aurait aimé aller au cinéma avec Jill ou Jennifer quand celle-ci ne sortait pas avec Kevin. De temps à autre, Ron Kemp aurait pu l'appeler — ils n'étaient que de bons amis, maintenant — pour aller manger une pizza ou jouer au golf miniature. Mais hélas, rien de tout cela n'arrivait.

Mike devait avoir une tout autre vie, lui.

Alicia avait la conviction que les petites amies ne lui manquaient pas.

Ils ne s'étaient pratiquement plus parlé depuis le jour du portrait, mais il lui adressait toujours un signe amical lorsqu'ils se rencontraient. Elle dut bientôt admettre qu'elle était amoureuse de lui, qu'elle le veuille ou non.

Elle crut rêver en voyant Jennifer lever la main :

« Huit dollars et cinquante cents ! » cria-t-elle d'une voix forte.

Quelqu'un renchérit, mais cette fois, ce fut Jill qui intervint. Alicia était sidérée.

« Neuf dollars ! hurla son amie.

— Mais... Qu'est-ce qui vous prend ? souffla Alicia.

— Tu verras bien », fit Jill avec un regard malicieux.

Il n'y eut plus un bruit et Alicia n'osa pas poser de questions. La voix monotone de Cassey s'éleva bientôt :

« Neuf dollars ? Personne ne va jusqu'à neuf dollars et demi ! Ne me dites pas que vous allez laisser un type comme Mike vous échapper ! Imaginez combien vous vous amuseriez avec ce pitre durant toute une semaine ! »

Une rumeur emplit la salle mais personne ne renchérit. Alors donnant un coup de marteau d'un geste solennel, Casey cria :

« Une fois, deux fois, trois fois, adjugé ! A la fille du quatrième rang pour neuf dollars ! »

Mike lança un bravo retentissant et s'empressa de quitter la scène. Alicia était si déconcertée qu'elle se sentait incapable de parler. C'était vraiment insensé ! Jennifer et Jill avaient-elles perdu la raison ?

« Bon anniversaire, Alicia ! s'écria Jennifer, enthousiaste. Que penses-tu de notre cadeau ? Je t'avais bien dit que nous te réservions une surprise... et la surprise, c'est Mike. Pour toi seule et pour une semaine, tu te rends compte ? »

Alicia essaya de sourire pour cacher le sentiment de panique qu'elle ressentait.

« Si je m'attendais à ça... » parvint-elle à articuler.

2

« *C*hère demoiselle, vos désirs sont les miens... »

Mike aborda Alicia au moment où elle tentait en vain de se glisser dans la foule pour quitter la salle au plus vite. Il la dominait, le regard amusé, ne faisant aucun cas de son embarras. Pourvu qu'il ne devine pas combien il l'intimidait !

« Alors, Alicia, tu as perdu la parole ? se moqua-t-il. Tes amies ont voulu te faire une surprise pour ton anniversaire. C'est tout. Une idée sensationnelle, d'ailleurs ! Elles t'ont particulièrement gâtée, avoue !

— Heu... » murmura Alicia, baissant la tête. Ses livres étaient en équilibre instable, sur son

bras ; ils allaient tomber d'un moment à l'autre.
Mike s'en saisit, ignorant ses protestations.

« Autant me rendre utile tout de suite... jeta-
t-il. De quoi aurais-tu l'air, si tu transportais tes
livres alors que ton « bizut » se balade les mains
vides ?

— Merci, Mike. Ils sont si lourds... » avoua-
t-elle, confuse.

Ils contournèrent le bâtiment et atteignirent
la cour bordée par les classes et les bureaux du
collège.

Des bancs, le long d'une haie de génévriers,
formaient un patio. Des groupes d'élèves y
étaient déjà installés et les conversations allaient
bon train. Mike se dirigea vers un banc vide,
invitant Alicia à prendre place près de lui.

« On a quelques minutes avant la sonnerie...
Tu sais, tu peux me demander n'importe quoi...
Me faire faire des choses horribles même... »
assura-t-il d'un air engageant.

Elle savait bien qu'il la taquinait mais, même
si tout cela était finalement drôle, elle en voulait
un peu à Jill et à Jennifer. Où étaient-elles allées
chercher l'idée que Mike pourrait tomber
amoureux d'elle tout simplement parce qu'il
aurait passé une semaine à son entière disposi-
tion ? Ils étaient trop différents l'un de l'autre.
Alicia ne se considérait vraiment pas comme
son genre de fille. Elle imaginait cependant avec
horreur la tête de Maggie. Comment allait-elle
réagir ?

« Alors, tu te décides ? reprit le garçon. Puisque me voilà entièrement à ton service...

— Je ne sais pas, Mike. Je ne m'attendais pas à ça... Je vais y réfléchir, répondit Alicia, ne trouvant rien d'autre à dire.

— Et si nous y réfléchissions ensemble ? proposa Mike. Nous trouverons peut-être le moyen de remporter un prix au défilé de vendredi... »

Alicia avait complètement oublié le défilé, avec toute l'école qui regardait passer les bizuts et leurs parrains déguisés. On attribuait ensuite des prix à ceux dont les costumes étaient les plus originaux, à ceux qui avaient fait les plaisanteries les plus drôles et, enfin, au couple parfait sous tous les aspects.

« On peut toujours essayer », répondit Alicia sans grande conviction.

Elle avait un mal fou à imaginer une chose pareille, elle, « la fille la plus bûcheuse du lycée », celle que l'on surnommait « la grosse tête ».

« C'est incroyable ! remarqua Mike, comme s'il devinait ses pensées. Si on m'avait dit que je risquais de tomber avec une fille comme toi... »

Alicia se sentit devenir cramoisie.

« N'y pensons plus, Mike. Je... Je vais dire à mes amies que j'ai changé d'avis. Après tout, ce n'était pas une si bonne idée que cela.

— Un instant, veux-tu ? Tu m'as mal compris ! Je voulais dire que, d'après moi, tu ne devais avoir aucune envie d'un gars comme moi

à tes trousses durant la semaine ! Tu parais toujours tellement... raisonnable, voilà, c'est le
mot ! Et c'est une qualité que je respecte, tu
peux me croire ! »

Se moquait-il d'elle ? Était-il sincère ? Comment le savoir ? Rien, à l'expression de son
visage, ne permettait d'accréditer l'une ou l'autre de ces deux possibilités. Il la fixait de ses
yeux vert d'eau. Elle aurait voulu lui dire combien cette image de fille « raisonnable », pour
reprendre ses mots, lui pesait. Combien elle lui
faisait horreur, même. Combien elle aurait aimé
lui ressembler, avoir son aisance et sa désinvol-
ture. Mais, hélas, elle se sentait incapable de lui
faire pareilles confidences.

Il inclina la tête de côté, l'air mi-sérieux, mi-
taquin.

« On va faire une sacrée équipe, tous les deux,
crois-moi ! Ton sérieux et ma mauvaise réputation vont former une curieuse alliance ! Je suis
sûr que nous remporterons tous les prix ! »

Alicia se sentit gagnée par son enthousiasme.

« Vraiment ?

— Bien sûr ! Si je te le dis...

— D'accord, Mike. Je vais y réfléchir, lança-
t-elle en se mordant la lèvre inférieure, signe de
nervosité chez elle.

— Formidable ! » s'exclama le garçon.

Il se tenait si près d'elle qu'elle voyait briller
des paillettes dorées dans ses yeux verts. Elle

éprouvait maintenant une douce sensation de bien-être.

« Je compte sur toi, Alicia. Ne nous lâche pas ! »

Il avait bien dit « nous », et non « me ». Comme ces mots étaient doux à entendre ! Ils sonnaient comme un violon jouant une mélodie pour elle seule...

La cloche retentit bientôt. Mike se leva. Il se planta devant elle, la dominant de son mètre quatre-vingts. Comme il avait quitté son turban, elle remarqua les reflets dorés que le soleil avait donnés aux pointes des boucles de ses cheveux. Il portait maintenant un Levis et un tee-shirt délavé qui lui allaient à merveille.

« Qu'est-ce que tu as comme cours ? demanda-t-il.

— Maths. Bâtiment C. »

Il fit la grimace.

« Pouah ! L'algèbre et moi, on est fâchés ! Il va falloir que je prenne des cours cet été ! Allons-y. Je t'accompagne », dit-il, tenant toujours les livres d'Alicia.

Ils marchaient en tête de la longue file bruyante des élèves quand Maggie Connaway apparut.

Elle passa aussitôt un bras autour des épaules de Mike. Elle aussi avait changé de vêtements. Avec son jean élégant et son chemisier de velours rouge, au profond décolleté, elle était irrésistible.

Un sourire éclatant aux lèvres, elle ignora totalement Alicia.

« Qu'est-ce qui lui a pris, à ce dingue de Jeff Crosse ? Il est allé jusqu'à onze dollars pour que je sois son bizut uniquement, soi-disant, pour pouvoir aller au bal avec moi. Tu aurais vu sa tête, quand je lui ai appris que je m'y rendais avec toi ! Comme si j'avais envie qu'on me voie avec un gars comme lui ! »

Mike jeta un regard penaud à Alicia mais ne se dégagea pas du bras de son amie.

« Allons, Maggie, répliqua-t-il. Jeff est un brave type !

— Facile à dire pour toi, bien sûr ! » décréta-t-elle en secouant ses cheveux blonds.

Elle sembla soudain remarquer la présence d'Alicia et lui lança un coup d'œil éloquent. Celle-ci devina ses pensées et se sentit rougir.

« Donne-moi mes bouquins, Mike, balbutia-t-elle en saisissant les ouvrages. Il faut que je me dépêche, sinon je vais être en retard. »

Alicia crut voir comme un regret dans le regard du garçon. Toutefois, il se borna à lui sourire et à la saluer. Elle eut tout juste le temps de foncer vers sa classe et de se glisser à sa place.

Quelques instants plus tard, un petit morceau de papier atterrit sur sa table au moment où le professeur tournait le dos. Elle le déplia, veillant à ne pas se faire remarquer. Il portait un bref message, écrit en lettres énormes.

« Comment ça marche, avec qui tu sais ? »

Signé : Jennifer.

Alicia lança un coup d'œil à son amie. Celle-ci la regarda, l'air innocent. Alicia se contenta de hausser les épaules en ébauchant un sourire.

M. Brandon parlait de la voix nasillarde qui lui avait valu le surnom de M. Canard. Alicia ne prêtait aucune attention au cours. Elle laissait son regard errer par la fenêtre. Le parfum de l'herbe fraîchement tondue la grisait et elle se mit à rêvasser.

Comme toujours, ses rêveries l'emmenaient bien loin de la réalité. Elle s'imaginait dans les bras de Mike, sa robe de mousseline tournoyant autour d'elle en vagues vaporeuses. On jouait un slow, les lumières étaient tamisées... Il la regardait avec cette expression grave qu'il avait parfois. Puis il la serrait un peu plus, approchait son visage du sien. Elle savait qu'il allait l'embrasser...

« Mademoiselle Alicia Stewart, si je ne me trompe pas, vous ne suivez pas, ce matin ! »

La voix sèche de M. Brandon la ramena à la triste réalité.

« Si vous voulez avoir une aussi bonne note, au contrôle de vendredi, que celle de la semaine dernière — la meilleure de la classe, je dois le préciser —, je vous conseille d'être un peu plus attentive. »

Des rires étouffés fusèrent. Alicia rougit et baissa les yeux. Elle détestait que les professeurs annoncent les notes à haute voix. Ne se doutaient-ils donc pas que d'excellentes notes pouvaient avoir des effets aussi regrettables sur la réputation des élèves que des notes médiocres ? Elle en avait assez d'être surnommée « la grosse tête » ou « mademoiselle je-sais-tout ». Certains étaient allés jusqu'à l'appeler « le cerveau », comme si elle n'était que cela !

A la fin du cours elle s'apprêtait à ranger ses affaires dans son casier, quand Jennifer la rejoignit.

« Ma pauvre Alicia, ce vieux Canard en avait après toi, aujourd'hui. Il ne t'avait jamais parlé ainsi !

— Et alors ? Je ne suis pas parfaite, tu sais ! répliqua-t-elle en s'acharnant sur la porte de son casier, pour l'ouvrir.

— Qu'est-ce qui te prend ? Tu vas tout casser ! lança Jennifer, surprise. Je pensais que l'amour rendait les gens heureux, moi...

— Qui te parle d'amour ? Ce n'est pas parce que je trouve Mike sympathique que...

— Et plutôt bien de sa personne, coupa son amie.

— D'accord, admit Alicia. Il n'est pas mal... Mais de là à tomber amoureuse de lui... »

Elle enfouit ses livres dans son casier, prit la pomme qu'elle n'avait pas mangée la veille et mordit dedans avec rage.

« Remarque, ce n'est pas que je n'aie pas apprécié votre initiative, reprit-elle au bout d'un moment. Mais crois-tu que c'était vraiment une bonne idée ? Suppose qu'il imagine que je vais me jeter à sa tête, ou quelque chose comme ça ! Il est trop délicat pour me dire que je fais fausse route, aussi, comment vais-je savoir ce qu'il pense vraiment de moi ?

— Qu'est-ce que tu peux être bête, parfois ! jeta Jennifer avec un regard sombre. Il ne t'est jamais arrivé de rencontrer un garçon qui se montre gentil avec toi, sans toutes ces pensées tarabiscotées derrière la tête ?

— Comme Ron, par exemple », grommela Alicia d'un air mausade.

Elles allaient toutes deux travailler à la bibliothèque, aussi ne se pressaient-elles pas.

« Ron est un bon copain, cela n'a rien à voir, déclara Jennifer. Quant à Maggie, disons qu'elle est une séductrice-née, je le reconnais. Mais toi, au fait, qu'es-tu ? Ah ! je vois. Tu es... un vrai monstre ! »

Alicia esquissa un sourire à contrecœur.

« Désolée de te faire peur, ma chère ! » lança-t-elle avec ironie.

Il était évident que Jennifer n'avait aucun complexe.

Comment pouvait-elle imaginer ce que ressentaient les autres ? Les timides, les mal-dans-leur-peau ?

Pourtant elle n'était pas une beauté, loin de là ! Mais cela ne paraissait pas la tourmenter outre mesure. En ce sens, elle ressemblait un peu à Mike.

Alicia s'arrêta brusquement devant la porte de la bibliothèque.

« Je n'ai vraiment pas envie de travailler aujourd'hui. Je me demande comment je vais faire, jusqu'à ce soir... »

Jennifer haussa les épaules. Pour sa part, elle était une bonne petite élève moyenne qui s'estimait satisfaite si ses notes ne descendaient pas au-dessous de C.

« Moi non plus, avoua-t-elle. Mais il nous faut bien réviser un peu le contrôle d'espagnol, non ?

— J'en ai marre de cet espagnol ! grogna Alicia. Je dois travailler deux fois plus que dans les autres matières... Tant pis pour l'espagnol ! Allons boire un coca ! »

Au fond d'elle-même, elle savait bien que ce soir, elle veillerait encore plus longtemps que d'habitude pour préparer le contrôle.

Les deux amies se trouvèrent bientôt attablées au Stagestop, une cafétéria fréquentée par la plupart des élèves, au centre de la ville. Alicia n'avait jamais quitté Glenwood ; elle y était née seize ans plus tôt. Aussi lui était-elle familière... De l'autre côté de la rue bordée de chênes, elle apercevait Glenwood Market, le grand magasin où sa mère faisait ses courses. A côté, il y avait un cinéma, puis un antiquaire, une alimentation et une boutique de mode...

Alicia buvait son Coca à petites gorgées, laissant son regard errer de table en table, jusqu'au comptoir. A première vue, Jennifer et elle n'étaient pas les seules à faire l'école buissonnière.

Quelques filles, à la table voisine, parlaient du bal. L'une d'elles disait que sa mère était en train de lui coudre une robe.

« Nous avons dévalisé le magasin, samedi ! s'exclamait-elle. Quand vous la verrez ! Un vrai chef-d'œuvre ! Et pourtant, la couture n'est pas son fort ! Mais Maman a acheté un patron, et voilà !

— Tu sais ce que l'on dit au sujet de la robe de Maggie ? demanda sa compagne. Il paraît qu'elle l'a créée elle-même ! Et, bien sûr, c'est elle qui la coud. Tu te rends compte ? Mlle Klein, notre professeur de couture, prétend qu'elle est vraiment douée et qu'elle peut même envisager une carrière dans le stylisme.

— Et qu'en pense Maggie ?

— Tu la connais ! Elle ne prend jamais rien au sérieux, excepté Mike Price, bien sûr... »

Le bruit du percolateur empêcha Alicia d'en savoir davantage, à son grand soulagement d'ailleurs.

L'endroit se remplissait, au fur et à mesure que les cours se terminaient. Certains élèves venaient avec leurs « bizuts ». Greg Linville arriva de son pas nonchalant, tenant Mark Reese, un véritable géant, en laisse. Lorsque ce dernier sortit un mouchoir à pois de sa poche et

27

essuya un siège pour Greg, tout le monde rit de bon cœur.

Kevin Butler, le petit ami de Jennifer, entra à son tour et prit place près d'elle. Il était presque aussi grand que Mark Reese mais beaucoup plus gros. Jennifer le taquinait toujours sur sa gourmandise : il mangeait comme un ogre ! Bien sûr, il faisait partie de l'équipe de basket, tout comme Mike. Ce n'était pas un Apollon, mais Alicia lui trouvait un certain charme : visage étroit aux yeux bruns très doux, sourire éclatant, tignasse brune lui tombant sur le front...

Kevin but une gorgée de Coca de Jennifer puis piqua quelques frites dans son assiette.

« Il paraît que vous avez joué un bon tour à Alicia, Jill et toi, dit-il. J'ai bavardé avec Mike, tout à l'heure, pendant l'entraînement. »

Jennifer fronça les sourcils.

« Ah ? Et qu'est-ce qu'il t'a dit ? » demanda-t-elle d'un air innocent.

Kevin haussa les épaules et engloutit une autre frite.

Le gourmand... pensa Alicia, amusée.

« Pas grand-chose », reprit-il bientôt. Puis, se tournant vers Alicia : « Il espère peut-être que tu vas avoir une bonne influence sur lui...

— C'est tout, insista Jennifer.

— Oui... A peu près... Sauf que je lui ai dit qu'à sa place, je ne laisserais pas passer ma chance. Tu es si jolie, Alicia...

— Ça, c'est son affaire, rétorqua vivement

28

Jennifer tandis qu'Alicia s'appliquait à extraire une paille de son emballage de papier.

— Jalouse ? » demanda Kevin en passant un bras autour des épaules de son amie. Puis il lui sourit et déposa un baiser au bout de son petit nez retroussé.

Alicia crut qu'elle allait éclater en sanglots.

3

« *A*licia, peux-tu vérifier si les biscuits sont cuits ? » lança Mme Stewart, occupée dans le potager, derrière la maison. A cet instant, la minuterie sonna...

Alicia enfila une manique, ouvrit le four et en tira un plat de biscuits au sésame dont la délicieuse odeur envahit la cuisine. Ils semblaient savoureux, même si ce n'étaient pas ceux qu'elle préférait.

A sa connaissance, sa mère était la seule à préparer des pâtisseries aux graines de sésame et aux courgettes au lieu de gâteaux au chocolat ou aux noisettes...

Lorsqu'elle était plus jeune, Alicia avait toujours eu beaucoup de mal à obtenir de sa mère une vraie pâtisserie pour un goûter. Elle s'en coupa un petit morceau avec une spatule, histoire de passer le temps.

Juste à ce moment-là Mme Stewart entra dans la cuisine et, quittant ses gants souillés de terre, elle dit :

« Ne mange pas trop maintenant, Alicia. Nous n'allons pas tarder à dîner...

— Qu'est-ce qu'il y a au menu ? demanda celle-ci d'une voix distraite.

— Des restes de courge d'hier soir. Je viens de cueillir une laitue. Avec une bonne salade, voilà un excellent repas ! »

Lorsqu'ils avaient emménagé, tout le terrain s'étendant derrière la maison était rempli de fleurs, que Mme Stewart s'était empressée de remplacer par des légumes. Elle prétendait toujours qu'il ne fallait pas les acheter chez les commerçants car on n'était jamais sûrs de leur fraîcheur et on ignorait avec quels pesticides on les avait traités tout au long de leur croissance.

Alicia s'estimait heureuse de vivre dans une famille où la santé était une préoccupation de premier plan. Elle n'avait jamais eu de problème de poids, comme Jill, et tout le monde louait son teint frais. Lorsque les amis de ses parents parlaient d'elle, ils l'appelaient Miss Forme. Cela la faisait sourire...

« Ça ira, dit-elle, tout en pensant qu'elle aurait préféré un double cheeseburger avec de la crème au lieu du plat à la courge.

— Tu as passé une bonne journée ? Tu as eu

ta note de mathématiques ? demanda Mme Stewart en repoussant la mèche de cheveux roux qui lui mangeait le front. Ses joues hâlées étaient toutes rouges, à cause du soleil.

— Mmm-mm ! marmonna Alicia, la bouche pleine.

— Cela veut dire oui ou non ? demanda sa mère tout en mettant une laitue fraîchement cueillie dans l'évier, pour commencer à la laver.

— J'ai eu un A, annonça Alicia avec indifférence.

— Félicitations ! lança sa mère en lui donnant une tape affectueuse. Papa et moi, nous sommes vraiment fiers de toi, tu sais. Si Leslie prenait autant son travail au sérieux que toi... Elle est aussi douée, mais elle n'a pas ta volonté, hélas ! »

Alicia trouvait sa sœur bien mieux qu'elle. Malgré ses quatorze ans, elle s'était adaptée facilement au lycée de Glenwood qu'elle fréquentait pour la première année.

L'esprit vif, toujours gaie et sociable, Leslie n'avait aucun mal à se lier avec les autres. Dès la fin du premier trimestre, elle était parfaitement intégrée, inscrite dans plusieurs clubs. Son charme et son humour auraient sans doute épaté Mike, pensa Alicia.

« Maman, j'ai très envie d'abandonner l'espagnol, annonça cette dernière avec une assurance qui la surprit elle-même autant que sa mère.

— Quelle idée, Alicia ! Tu marches si bien,

dans cette matière ! Tu as quelques difficultés, j'en conviens, mais toujours d'excellents résultats. Alors, pourquoi laisser tomber ? »

Si sa mère lui avait dit « d'accord », ou « cela te regarde, ma chérie », elle n'aurait probablement pas insisté. Mais justement, l'attitude de Mme Stewart symbolisait tout ce qui lui paraissait nul tout à coup, dans son existence.

« Si je devais aller vivre en Espagne, ou au Mexique, quand j'aurai terminé mes études, je comprendrais, déclara-t-elle. Mais je ne vois vraiment pas l'intérêt d'apprendre une langue pour le seul plaisir d'avoir un A sur mon bulletin. Il y a mieux à faire, dans la vie...

— Bien sûr. Mais l'instruction compte beaucoup, ma chérie. Si je te disais combien de fois j'ai regretté d'avoir épousé ton père !

— J'espère qu'il l'ignore, au moins.

— Ne sois pas idiote, veux-tu ! Je voulais dire que, de mon temps, une femme mariée ne pouvait pas terminer ses études. C'était inconvenant, en quelque sorte. Les choses ont changé depuis. Les filles de ta génération sont tellement plus libres...

— Tout à fait d'accord avec toi, maman. Alors pourquoi ne pas abandonner l'espagnol... ? »

« Je ne peux plus attendre ! s'exclama Leslie, ses yeux bleus brillant d'impatience et de joie. Si je ne parle pas à quelqu'un, je vais mourir.

— Ce serait une perte irremplaçable pour l'humanité ! ironisa sa sœur en souriant.

— Tu ne devineras jamais ce qui m'arrive ! Une chose extraordinaire ! géniale ! super ! »

Là-dessus, elle s'affala sur le lit d'Alicia. Avec ses boucles blondes ébouriffées, elle ressemblait à un petit poussin.

« Je t'écoute... Au fait, si tu dois mourir, je préférerais que cela n'arrive pas dans ma chambre...

— Mais je ne vais pas mourir puisque tu veux bien m'écouter ! Et crois-moi, quand tu sauras tout, tu avoueras que c'est vraiment génial ! »

Leslie se leva, faisant face à son aînée. Un sourire lumineux laissait voir les bagues de son appareil dentaire. Malgré cet « accessoire » pour le moins disgracieux, elle n'avait jamais cessé de sourire, *elle*. Alicia songea à sa propre gêne lorsqu'elle avait dû porter le même appareil... Elle n'osait même plus parler.

« Robbie Markovich m'a invitée au bal ! cria presque Leslie, tant elle était heureuse. Tu te rends compte ? poursuivit-elle. Il n'y a qu'une autre fille de première année qui a été invitée ! »

La nouvelle irrita d'abord un peu Alicia, puis elle convint que sa sœur avait raison : c'était *vraiment* extraordinaire. Ce Robbie Markovich, Alicia le connaissait un peu car il suivait le même cours d'anglais qu'elle. Un garçon sympathique. Un jour, il avait écrit un poème sur les funérailles de sa grand-mère et l'avait lu devant toute la classe. Il fallait le faire, tout de même...

« C'est inouï, Les. Tu as vraiment une chance folle ! Papa et Maman sont au courant ?

— Pas encore. Tu crois qu'ils accepteront ? Bien sûr, je suis un peu jeune, mais une fois n'est pas coutume... En plus, nous irons avec un autre couple. Et Robbie a une Volkswagen qu'il conduit très bien...

— Mais tu n'as pas à me convaincre, ma chérie, déclara Alicia en riant. Tu devras régler cela avec papa, et tu sais comme il est sévère, quand il s'agit des garçons... Tu devrais peut-être lui présenter Robbie.

— Tu crois ? »

Leslie mordillait l'ongle de son pouce droit, signe de grande nervosité, une habitude prise après qu'elle eut cessé de le sucer.

« Tu pourrais lui en parler... suggéra-t-elle. Oh ! Je t'en supplie, Alicia ! Fais cela pour moi ! Tu connais Robbie : tu pourras dire à papa que c'est un garçon sérieux et tout. »

Comment Alicia aurait-elle pu refuser d'aider sa petite sœur ?

Aussi promit-elle d'intervenir au plus tôt.

En effet, à la fin du dîner, le problème était réglé. M. et Mme Stewart avaient cependant mis une condition à leur assentiment : Leslie devrait leur présenter Robbie. Et s'ils le trouvaient à leur goût, eh bien, elle pourrait aller au bal...

Pour celle-ci, c'était comme si c'était fait ! Elle

pensait déjà à sa toilette et à sa coiffure de samedi...

Elle appela donc une bonne demi-douzaine d'amies pour leur demander conseil. Sa mère finit par confisquer le téléphone pour la soirée.

Alicia, en pyjama, allait se mettre au lit quand sa sœur fit irruption dans sa chambre, le magazine *Seventeen* à la main. Il fallait absolument qu'elle lui montre la coiffure d'un des mannequins : des cheveux très frisés tombant en cascade sur les épaules.

« Qu'est-ce que tu en penses ? Ça irait peut-être, avec la robe que je portais pour le mariage de tante Célia.

— Très joli ! » répondit Alicia, l'air évasif, tout en commençant à se brosser les cheveux d'un geste nerveux.

Leslie lui jeta un coup d'œil étrange et referma le magazine.

« Excuse-moi, Alicia ! Où ai-je la tête ? J'ai complètement oublié que toi, t'as jamais été invitée à ce bal. »

Elle insista sur le « jamais » avec effronterie.

« Aucune importance, mentit sa sœur. Vraiment aucune, tu sais...

— Et Ron ? Il ne t'a pas invitée ? fit Leslie, l'air innocent.

— Il sort avec Sylvia Hendricks.

— Ah !

— Et puis, il n'est qu'un bon copain pour

37

moi. Sylvia en est folle, elle l'a dit à Jill, l'autre jour dans l'autobus. »

Alicia se demanda, un court instant, si Sylvia pensait autant à Ron qu'elle-même à Mike. Elle reposa sa brosse sur la coiffeuse puis revint à des préoccupations plus urgentes : elle avait promis à Mike d'essayer de trouver une idée pour le défilé. Il était temps d'y penser. Hélas, son cerveau restait désespérément vide.

Leslie ne lui fut pas d'un grand secours.

« Tu pourrais exiger qu'il porte tes affaires, par exemple.

— Très original ! grommela son aînée. Figure-toi qu'il l'a déjà fait !

— Pas possible ! Mike... qui aurait pu le croire ?

— Il est très attentionné, tu sais !

— Sacrée Alicia ! Voilà que tu as un chevalier servant ! plaisanta Leslie. Une espèce en voie de disparition... »

Le mot « chevalier » venait de donner une idée à Alicia. Son père et sa mère avaient assisté à une soirée costumée, pour Halloween, quelques années auparavant. Leurs déguisements étaient suspendus dans le placard du couloir.

Quelques instants plus tard, Alicia vida le contenu d'un vieux sac de voyage sur son lit.

Son père s'était fabriqué un masque de carton-pâte, encore convenable même s'il avait un peu perdu de ses couleurs. Quel artiste ! Une tête de licorne aux yeux inclinés, une splendide corne dorée plantée au milieu du front.

Sa mère avait vraiment des doigts de fée. Elle s'était confectionné un costume du Moyen Age. Des mètres et des mètres de gaze pour une longue robe. Un hennin en carton recouvert de papier doré complétait la tenue. Alicia mit la coiffe sur sa tête et s'approcha de son miroir.

« Qu'est-ce que tu comptes faire avec ces vieilleries ? demanda Leslie, ouvrant de grands yeux effarés.

— Je verrai... »

Ces costumes étaient vraiment réussis. La licorne avait un ruban rouge partant d'une clochette, elle-même fixée à un de ses naseaux. Pourtant, elle se demandait si elle aurait le courage de les montrer à Mike. Et s'il les trouvait ridicules... Elle aurait l'air de quoi ? Toutefois, elle résolut de les apporter au lycée le lendemain. On verrait bien...

Mais Alicia savait bien que, cette nuit-là, elle aurait un mal fou à s'endormir.

4

*A*licia se dirigeait vers la classe d'histoire quand le bruit d'un timbre de bicyclette, derrière elle, la fit sursauter. Elle se rangea aussitôt. Un étrange engin, peint en rouge, la dépassa. Elle eut tout juste le temps d'apercevoir Dave Palmer actionnant le timbre et Linda Jordan qui tirait un chariot. Elle portait une paire d'oreilles d'âne en papier.

Des cris et des sifflements saluèrent cette étrange apparition.

Le bizutage battait son plein !

En arrivant près de son casier, Alicia vit Jill qui l'attendait en dégustant un beignet.

« J'ai essayé de t'appeler, hier soir, lui dit celle-ci. Mais le téléphone était toujours occupé !

Tu n'aurais pas, par hasard, eut un coup de fil de...

— C'est Leslie, coupa Alicia sans lui laisser le temps de poursuivre. Elle a appelé le monde entier pour annoncer que Robbie Markovich l'avait invitée au bal. Elle aurait sans doute appelé la Maison-Blanche, si Maman n'était pas intervenue !

— Eh bien ! Qu'est-ce qui la rendait si heureuse ? Sortir avec cette grande perche de Robbie, bof !

— Manque de goût, sans doute.

— Très... Très drôle, Alicia ! Mike ne va pas résister à un sens de l'humour pareil ! »

Jill termina son beignet, puis sortit un mouchoir de sa poche pour essuyer son menton, plein de sucre.

« Au fait, reprit-elle bientôt, je ne l'ai pas encore vu... Tu vois de qui je parle, n'est-ce pas ? Je croyais que vous deviez vous retrouver, ce matin.

— Oui... C'est-à-dire que... » marmonna faiblement Alicia en fourrant le sac qui contenait les déguisements dans son casier. Pourvu que son amie n'ait pas la curiosité de demander ce qu'il renfermait !

« Écoute, ma vieille, tu ne tournes pas rond, ce matin ! s'exclama Jill. On s'est donné un mal fou, Jennifer et moi, et tu ne fais pas le moindre effort. Mike va penser qu'il ne t'intéresse pas, tu peux me croire !

— Quelle importance ? jeta Alicia en refermant son casier à clef. Mike est le petit ami de Maggie Connaway, au cas où tu l'ignorerais...

— Donc, tu laisses tomber, rétorqua vivement l'autre. Si Mike avait été un bûcheur comme toi, tu n'aurais pas agi de la même façon !

— Justement ! Voilà le hic ! répliqua Alicia, piquée à vif par cette réflexion. Tu dois en convenir : nous n'avons rien de commun !

— Les contraires s'attirent, dit-on ! lança Jill, les yeux brillants d'indignation.

— Je ne crois pas que ça s'applique à nous. Réfléchis un peu, voyons ! Comment veux-tu qu'un garçon *comme lui* s'intéresse à une fille *comme moi* ?

— Sans prétendre être experte en la matière, je te signale que j'ai lu suffisamment de bouquins pour avoir ma petite idée... »

Jill dévorait les romans d'amour. Elle assurait qu'ils constituaient un excellent entraînement pour dénicher l'homme de ses rêves. Pourquoi pas, après tout ? Il arrivait quelquefois à Alicia de se demander comment des filles si différentes que Jill, Jennifer et elle pouvaient être inséparables.

Jill revint bientôt à la charge.

« Écoute ! Sans vouloir te vexer, je pense que tu devrais te montrer un peu moins coincée quand Mike est là. Rire de ses bons mots, par

43

exemple. Au fait, tu as trouvé quelque chose pour le défilé ?

— Pas vraiment », mentit Alicia. Sa nuit blanche n'avait fait qu'accroître ses doutes sur ce qui lui avait d'abord paru une bonne idée.

« Et tu attends quoi ? Un miracle ?

— Ça m'arrangerait bien...

— Un peu de sérieux, veux-tu ? Je t'assure que si tu aimes vraiment un garçon, tu as toutes les chances d'être aimée en retour. Regarde ce qui est arrivé à Scarlett O'Hara !

— Je t'en prie ! Tu ne vas tout de même pas me comparer à Scarlett O'Hara ! protesta Alicia. Bon, si ça peut te consoler, je te promets de penser à ce défilé et de ne pas laisser échapper ma chance. Tu es contente ?

— A la bonne heure ! Je suis sûre qu'à la fin de la semaine, tu vas pouvoir écrire un vrai roman d'amour...

— Tu plaisantes ! Je n'irai certainement pas au-delà de la page un ! »

Elles firent un bout de chemin ensemble puis se séparèrent près de la pompe qui occupait un angle de la cour. Les classes où elles se rendaient étaient en effet à l'opposé l'une de l'autre.

Alicia, amusée, vit que Kelly Wiseman devait actionner le levier de la pompe à chaque fois que quelqu'un désirait boire. Le malheureux lançait des regards désespérés à la longue file d'attente...

Après tout, ce bizutage traditionnel avait du

bon. Sans cela, Alicia n'aurait jamais eu la chance de faire vraiment connaissance avec Mike. Jill avait raison, elle devait en profiter.

Elle était tellement absorbée dans ses pensées qu'elle buta littéralement contre un grand garçon vêtu d'un sweat-shirt à l'effigie du lycée...

« Pardon », murmura-t-elle. Puis elle rencontra deux yeux verts qui la fixaient. « Oh ! Mike ! Je suis navrée, je ne t'avais pas vu ! Je me dépêchais car j'avais peur d'être en retard ! »

Il lui emboîta aussitôt le pas ; elle ne put s'empêcher de constater, une fois de plus, combien il était décontracté et le fait qu'il marche ainsi, près d'elle, la rendait plus confiante.

« Heureusement que j'ai fini par te trouver ! lui dit-il. Je t'ai cherchée partout. Où étais-tu passée ?

— Je suis arrivée un peu en avance, ce matin, alors je suis allée à la bibliothèque pour terminer un devoir que je n'avais pas eu le temps de finir hier soir.

— Ah bon ! Si j'avais su que tu étais là-bas, je serais venu te demander de m'expliquer un exercice.

— Tu sais bien que je le ferai toujours avec plaisir, répondit-elle simplement, cherchant en vain quelque chose de plus original à dire.

— Vraiment ? »

Là-dessus, il lui montra Joe Ratliff, occupé à récurer un casier avec une brosse à dents.

« Ne me demande pas de faire une chose

pareille, Alicia, et nous serons amis, d'accord ? »

Il avait bien dit « amis »... Alicia en fut toute émue. La considérait-il vraiment comme une amie ? Elle lui assura en riant qu'elle n'exigerait rien d'aussi contraignant.

« Je meurs d'envie de savoir ce que tu vas exiger de moi, lança le garçon. Le temps de me préparer...

— Eh bien... »

Le timbre d'une bicyclette empêcha Alicia d'aller plus loin. Une paire d'oreilles d'âne annonçait à nouveau l'express Dave Palmer-Linda Jordan. Mike éclata de rire.

« Tu les as vus, ces deux-là ! S'ils n'obtiennent pas le prix au défilé, je me demande qui l'aura !

— On ne sait jamais, remarqua Alicia en rougissant.

— Tiens, ils m'ont donné une idée ! Je n'ai pas de chariot, mais j'ai une bonne paire de solides épaules et...

— Où veux-tu en venir ? » balbutia Alicia.

Il lui prit ses livres de la main et s'accroupit.

« Grimpe ! Je vais te montrer comment entrer en classe en faisant sensation !

— Mais... Mike... Tu crois vraiment que... » protesta-t-elle.

Mais la résolution prise peu de temps auparavant lui revint à l'esprit. Elle allait lui prouver qu'elle avait le sens de l'humour... Aussi s'efforça-t-elle de cacher sa gêne.

« D'accord ! Après tout, qu'est-ce que je risque ? lança-t-elle d'une voix qui se voulait assurée.

— Rien du tout ! Ta réputation, peut-être ! » répondit-il en souriant tandis qu'elle passait une jambe par-dessus son épaule.

Il se releva et se mit à crier : « Dégagez la piste, m'sieurs-dames ! »

Les élèves s'écartèrent devant eux, puis s'arrêtèrent et se mirent à rire. Pour la première fois de sa vie, Alicia s'étonna de trouver presque naturel d'être le point de mire. Avec Mike, elle avait l'impression que rien de désagréable ne pourrait lui arriver. Elle pensa au « miracle » de Jill, et eut un petit sourire. Allons donc, si elle, Alicia Stewart, pouvait entrer en classe sur les épaules de Mike Price, alors tout était possible !

« Tiens-toi bien ! » lui ordonna Mike, comme ils parvenaient à la haie de genévriers bordant le bâtiment A, où se trouvait leur classe d'histoire.

Elle se cramponna à son cou quand il franchit la haie d'un bond.

Alicia aperçut un visage effaré : Laura Patterson, une amie de Maggie, n'en croyait pas ses yeux. La bouche ouverte d'étonnement, elle suivit du regard l'étrange équipage. Mike s'arrêta enfin devant la classe.

« Tu devrais peut-être me reposer à terre, Mike, proposa Alicia, riant aux éclats. Mlle Johannsen ne...

— Jamais de la vie, ma chère ! Pour rien au

monde je ne voudrais rater ça ! Tu imagines sa tête ? »

Là-dessus, il fonça dans la salle. La tête d'Alicia manqua de heurter le chambranle de la porte. Un grand éclat de rire les accueillit. Tout le monde était stupéfait et Mlle Johannsen en resta bouche bée.

« Ça, ce n'est pas ordinaire, Alicia ! » cria Peter Davenport, un garçon qui ne lui avait jamais adressé la parole auparavant. Alicia se sentit devenir cramoisie mais ne put s'empêcher de sourire.

« Ce Mike t'a complètement rendue folle ! » lança Sandra Leblanc en applaudissant tandis que ses nombreux bracelets de plastique de couleur cliquetaient.

« Pour une plaisanterie, elle est réussie, mademoiselle Stewart, admit enfin le professeur. Une excellente introduction à la leçon d'aujourd'hui : L'esclavage en Amérique. »

La classe était sidérée.

Mlle Johannsen avait donc un peu d'humour ! Incroyable ! Alicia pensa que, décidément, on ne connaît jamais vraiment les gens.

Mike la déposa à sa place avec brio. De toute évidence, il avait l'habitude de se mettre en vedette. Il lui fit un clin d'œil entendu, et Alicia sentit son pouls s'accélérer.

« Merci, Mike, parvint-elle à articuler, reprenant ses livres. Quel voyage !

— A votre service, mademoiselle, répliqua-t-il avec un sourire éclatant. Votre bizut est entièrement à vos ordres ! »

Les problèmes de l'esclavage en Amérique n'intéressèrent guère Alicia, ce matin-là...

Avant le début du cours de dessin, elle se décida à montrer les déguisements à Mike. Il fut agréablement surpris. Il mit aussitôt le masque de la licorne et poussa un long hennissement. Comme il était drôle, avec ses yeux malicieux et sa corne ! Alicia étouffa un rire.

« Eh bien, qu'est-ce que tu attends ? demanda-t-il, tout guilleret. Passe ton costume, et ne t'occupe pas des autres ! »

Il la poussa vers le cagibi où l'on rangeait le matériel de dessin.

Alicia ne protesta pas et se hâta d'enfiler la robe sur son jean et son chemisier. Elle crut qu'elle allait étouffer sous ces mètres de tissu mousseux. Elle se coiffa du hennin, persuadée de ressembler à un cornet à glace.

Elle se décida toutefois à quitter son réduit.

Mike la regarda longuement, comme s'il la voyait pour la première fois.

« Tu as l'air d'une princesse de conte de fée, lui dit-il, admiratif. C'est incroyable... »

Il avait perdu sa belle assurance.

Le professeur venait de commencer le cours. Mike remit le masque, puis tendit le ruban rouge à Alicia. Celle-ci crut qu'elle allait mourir de honte lorsqu'il l'entraîna à travers la classe. Il caracolait, piaffait, tout en se frayant un chemin à travers les tables, toujours suivi d'Alicia, au bout de son ruban. La classe tout entière était dans l'hystérie la plus complète.

Alicia avait peine à croire que c'était bien elle qui faisait une chose pareille. Cela lui semblait à la fois extraordinaire et normal. Personne ne riait d'*elle* comme elle l'avait redouté : par contre, toute la classe riait d'*elle* et de *Mike*. Et c'était très bien ainsi. A cette pensée, une sensation étrange la traversa.

Soudain M. Mueller, le professeur aux cheveux gris dont la spontanéité était légendaire, ordonna d'une voix forte à chacun de prendre papier et crayon et de suivre « la dame à la licorne » dans la cour.

C'est ainsi qu'Alicia et Mike se retrouvèrent bientôt en tête d'un joyeux cortège déambulant à travers les couloirs.

Jackie Short, qui ne se séparait jamais de sa flûte, assembla son instrument et se mit à jouer un air entraînant. Tout le monde sautillait, tournoyait en mesure ! Par les fenêtres ouvertes, on voyait les élèves, stupéfaits, dans leurs classes.

La bonne humeur semblait contagieuse : on entendait des sifflements et de joyeux appels, tout au long du parcours.

Une fois dehors, le professeur fit asseoir les deux héros du jour sur un banc afin que les autres puissent les admirer dans « toute leur splendeur », selon ses propres termes. Alicia riait tellement que ses joues lui faisaient mal.

Lorsque la cloche sonna, les élèves des autres classes les entourèrent, complimentant Alicia sur sa robe. Certaines voulurent même essayer le masque de son compagnon.

« Ils ne vont pas tarder à nous demander des autographes, souffla Mike à l'oreille d'Alicia.

— Cela veut dire que nous sommes de vraies vedettes ! lança-t-elle en riant.

— Possible ! » répondit-il en plongeant ses yeux verts dans les siens.

5

« *C*es demoiselles n'auraient-elles pas quelque chose pour un bizut qui meurt de faim ? »

C'était la voix de Mike... Jennifer, Jill et Alicia déjeunaient en bavardant. Celle-ci leur racontait avec enthousiasme ce qui s'était passé le matin. En fait, elles étaient déjà au courant, tant l'événement avait fait du bruit. Beaucoup d'élèves l'avaient félicitée pour son audace et cette prétentieuse de Lynn McBride l'avait même invitée à déjeuner avec sa bande, chose qui n'était jamais arrivée. Mais Alicia avait préféré retrouver Jill et Jennifer.

Mike se glissa entre elle et Jennifer.

« Vous n'allez pas me croire, mais j'avais tellement hâte d'arriver au lycée, ce matin, que j'ai oublié de me préparer un casse-croûte, pour midi.

— C'est toi qui le fais ? s'étonna Jill, en le dévisageant par-dessus son sandwich à la tomate. Ta mère travaille ? »

Pour Alicia, c'était l'occasion d'en savoir davantage sur Mike. Aussi était-elle toute ouïe.

« Oui. Elle restait à la maison, autrefois, mais depuis que mes parents sont séparés, elle doit gagner notre vie. Elle s'en tire plutôt bien mais elle a un boulot dingue. Elle a acheté une imprimerie qui tombait en ruine. Chaque jour, il y a une nouvelle panne...

— Ce n'est pas drôle, dit Alicia avec compassion.

— Nous nous en sortons, assura Mike avec un haussement d'épaules. A la fin de l'année scolaire, je compte l'aider un peu. Avec les résultats que j'ai, j'ai intérêt à apprendre le métier le plus tôt possible. Aucune université ne voudra de moi, après le lycée.

— On ne sait jamais, coupa Alicia. Tu as encore un an et demi devant toi... Si tu faisais un petit effort, tu pourrais peut-être rattraper le temps perdu...

— Tu crois ? »

Il la fixait avec un réel intérêt. Était-ce sa réputation d'élève sérieuse qui avait retenu son attention ?

Jill lui fit du genou, sous la table, pour l'inviter à changer de conversation. Mais Alicia poursuivit :

« Je suis certaine que tu en es capable, Mike. La plupart du temps, il ne s'agit que de mauvaises habitudes prises dès l'école primaire... Mais on peut toujours se ressaisir, à condition de ne pas trop tarder !

— Tu veux dire que je ne suis pas un cas désespéré ?

— Sauf si tu le crois vraiment. Tout dépend de ce que tu penses de toi-même, assura-t-elle, tandis que Jennifer la regardait fixement. Il faut avoir confiance en soi...

— Ça alors ! Tu en sais des choses ! Tu pourrais me donner un petit coup de main, de temps en temps, lorsque tu ne seras pas surchargée de travail.

— Quand tu voudras ! » répondit Alicia d'un air détaché, alors que son cœur cognait dans sa poitrine.

A l'expression de Jennifer, elle devinait qu'elle avait passé l'épreuve avec brio.

« Ce qui m'empêche de travailler sérieusement, à la maison, c'est mon petit frère, avoua Mike. Je dois le surveiller quand maman est absente. Un vrai démon ! En ce moment, il se prend pour Luke Skywalker et il n'arrête pas de taper sur les meubles sous prétexte qu'il est en train de combattre des hordes de soldats déchaînés.

— Charmant, lança Jennifer.

— C'est un drôle de petit bonhomme, déclara Mike. Un peu bizarre, mais qui sait ce qu'il veut.

— Les enfants ne sont pas toujours faciles », admit Jill. Elle avait elle-même trois frères et une sœur plus jeunes qu'elle et se plaignait toujours de ne pouvoir se rendre dans la salle de bains sans buter contre des jouets.

Alicia se sentait pleinement heureuse : elle en savait un peu plus sur Mike. Désormais, elle arrivait à lui parler sans aucune gêne. Elle avait découvert un autre aspect de sa personnalité : sous ses airs de clown, il cachait sans doute pas mal de problèmes bien qu'il assurât que tout se passait assez bien chez lui. Alicia connaissait pas mal d'amis dont les parents avaient divorcé et elle savait qu'ils en souffraient toujours, quoi qu'il arrive.

« Tu veux la moitié de mon sandwich ? lui proposa-t-elle. Maman me donne toujours trop pour le déjeuner.

— Hum ! Un délice ! s'écria Mike en mordant dedans à belles dents sans complexe. On peut avoir la recette ? »

Alicia eut un léger remords des jugements défavorables qu'elle avait parfois portés sur la cuisine de sa mère.

« Avocats, ketchup et mayonnaise, répondit-elle, avec peut-être un peu de fromage aussi.

— Une réussite, assura-t-il en continuant à manger. Bien meilleur que les hamburgers huileux que j'ai achetés pour ce soir. Même, Kurt, mon frangin, n'y touchera pas et pourtant, croyez-moi, il mange n'importe quoi, même de la pizza encore congelée. J'ai bien dit "encore congelée" !

— Eh bien ! s'exclama Jennifer.

— Tu devrais venir dîner à la maison, un de ces jours », s'entendit dire Alicia.

Jennifer ouvrit des yeux comme des soucoupes et Jill faillit s'étouffer avec ses pop-corns. Alicia les aurait tuées !

Le visage de Mike s'éclaira :

« Ce serait formidable ! Tu crois que ta mère voudra ?

— Je le lui demanderai, dit Alicia. Je suis sûre qu'elle sera d'accord. »

« Qu'est-ce qui t'a pris ? » chuchotait une petite voix, en elle-même. Elle connaissait des tas de filles qui invitaient des garçons chez elles, mais elle ne s'en serait jamais crue capable. Comment avait-elle pu ?

« Mme Stewart est une cuisinière hors de pair ! » assura Jill, mais Alicia savait bien qu'elle ne le pensait pas. « Elle a un potager extraordinaire, poursuivit-elle, dont elle tire pratiquement tout, pour sa famille.

— C'est super ! A quelle heure dîne-t-on chez toi ? » demanda Mike en se donnant de petites tapes sur l'estomac.

Toute la bande partit d'un éclat de rire sonore...

Il y eut soudain du remous, à l'autre bout de la cafeteria.

Cathy Dominguez, une petite aux cheveux noirs comme du jais, s'activait à dresser le couvert pour Melinda Wasserman. Serviette de table à carreaux, assiette de porcelaine, argenterie, verre de cristal... Voilà un bizut qui ne faisait pas les choses à moitié ! Elle ajouta même un vase contenant une rose !

Melinda s'installa tandis que l'autre lui servit du poulet frit et de la salade de pommes de terre qu'elle tira d'un panier. A chaque fois que Melinda portait un morceau à sa bouche, Cathy lui essuyait le menton avec une immense serviette. Elles faisaient toutes deux de gros efforts pour garder leur sérieux tandis que les autres s'efforçaient de les faire rire.

« C'est ce que j'appelle un vrai bizut ! s'exclama Mike. Je devrais être en train de te servir, moi aussi, au lieu de dévorer ton sandwich, Alicia.

— Aucune importance, tu peux me croire !

— Si tu veux, je préparerai le déjeuner, demain. Pour toi... un sandwich, ça t'irait ? Je ne suis pas un cordon-bleu, tu sais !

— Impec ! » répondit Alicia sans se soucier si le sandwich serait au beurre de cacahuète ou à la gelée de groseille...

Jill lui donna un léger coup de coude, murmurant d'une voix à peine audible : « Hé hé ! Il y a de la romance dans l'air ! »

A cet instant, apparut Maggie, un plateau à la main. Encore plus ravissante que d'ordinaire. Alicia ne put s'empêcher de l'envier. Ses cheveux blonds formaient une queue de cheval et de petites boucles retombaient dans son cou. Elle portait un pantalon crème et une blouse à manches courtes, rose pâle.

Alicia se trouva terne, en comparaison, même si elle avait pris davantage soin de sa toilette, ce matin. Elle s'était même mis un peu de fard aux yeux et avait troqué son tee-shirt contre une blouse rouge ornée de petits plis, pour aller avec son jean.

« Toi ici, Mike ? Ça alors ! s'écria Maggie en balayant du regard Alicia et ses amies. Quand je pense que je t'ai cherché partout ! Mais où avais-je la tête ? J'aurais dû penser que tu étais en train de subir ton bizutage...

— Mais, Maggie, je croyais que tu resterais avec Jeff, aujourd'hui, hasarda Mike, visiblement embarrassé.

— En voilà une idée ! Je sais bien que je suis son bizut mais tout ce qu'il exige de moi, c'est que je lui permette de me suivre comme son ombre ! Si ça continue, on va penser que nous sommes mariés, ma parole ! ricana Maggie.

— Pauvre Jeff, souffla Jill à l'oreille d'Alicia.

— Tu devrais être fière, lança Mike. Jeff est un type bien !

— Pas du tout son genre, chuchota Jennifer,

ce que Maggie n'entendit pas ou feignit d'ignorer.

— Je pensais que tu serais jaloux ! s'exclama la nouvelle venue. Après ce qui s'est passé entre nous, la nuit dernière...

— Maggie ! Crois-tu que ce soit le moment...

— Ah oui ! Suis-je étourdie ! Tes amies... » lança-t-elle en souriant d'un air hypocrite.

Mike regarda Alicia. Il était gêné. Quant à elle, elle aurait aimé qu'à cet instant, le sol s'ouvre sous ses pieds et l'engloutisse.

« Figure-toi que j'espérais que tu voudrais bien déjeuner avec moi, reprit Maggie. Maintenant, tu es forcé de m'aider ! Regarde tout ce que j'ai pris ! D'autant que je dois absolument perdre cinq kilos, quitte à y laisser ma peau !

— Mais tu n'as pas besoin de faire de régime, Maggie, assura le garçon. Tu es parfaite ! »

De toute évidence, elle attendait le compliment. Quelle prétentieuse ! songea Alicia.

« Alors, tu viens ? demanda l'autre avec impatience.

— A tout à l'heure, Alicia, jeta Mike en lui faisant un petit signe. Et merci pour le sandwich... »

Alicia crut qu'elle allait éclater en sanglots tandis que le sweat-shirt orange du garçon disparaissait dans la foule. Quand elle vit Mike passer un bras sur les épaules de Maggie, elle pensa que son cœur s'arrêtait de battre...

« Oh ! Comme je l'étranglerais volontiers, cette Maggie ! cria Jill.

— Je crois qu'une dose de poison serait encore mieux, dans son cas ! ricana Jennifer.

— Ce n'est pas sa faute, si Mike est amoureux d'elle, avança Alicia, retrouvant enfin la force de parler. A mon avis, même s'il est gentil avec moi, cela ne doit changer en rien leurs relations, dit-elle d'une voix faible.

— Si tu t'y prends comme ça, tu ne deviendras jamais sa copine ! lança Jennifer en jetant le papier de son sandwich dans la poubelle la plus proche.

— Mais tu le vois bien ! C'est sans espoir ! » se plaignit Alicia, fixant les miettes de son repas.

Les événements du matin lui semblaient désormais si lointains ! Comme un merveilleux rêve fait pendant son sommeil...

« Rien n'est jamais sans espoir ! Tu le disais toi-même à Mike il y a quelques minutes ! rétorqua Jill en croquant une frite.

— C'était tout à fait différent !

— Pas du tout ! Tu te souviens, lorsque nous parlions de Scarlett O'Hara ? Eh bien, elle, elle espérait encore, même quand Rhett l'eut abandonnée.

— Jill a raison, intervint Jennifer. Mike s'intéresse à toi. Qu'est-ce que cela peut faire, s'il sort avec Maggie ? Cela ne signifie pas qu'il lui appartient !

— Regarde les choses sous cet angle ! lui proposa Jill en riant.

— Arrête de dire des sottises, coupa Alicia. Si vous vous croyez drôles ! »

« Je ramasse les copies ! dit M. Garcia. Tout le monde doit avoir terminé, je suppose. »

Alicia mordillait nerveusement sa gomme, regrettant de n'avoir pas révisé davantage son espagnol. Cette fois, elle aurait à coup sûr la note la plus mauvaise de sa vie ! La contrariété devait se lire sur son visage, car le professeur lui demanda, en lui arrachant presque sa feuille des mains :

« La Señorita Stewart est souffrante ?

— Heu... Non... Pas du tout », réussit-elle à répondre.

Puis, elle se souvint qu'il aimait qu'on lui réponde en espagnol, aussi traduisit-elle :

« *Estoy bien, gracias, Señor Garcia.* »

Elle regarda fixement la pipe du professeur, posée sur son bureau. Comment une journée commencée sous d'heureux auspices pouvait-elle se terminer si tristement ? M. Garcia, les extrémités de sa moustache noire relevées dans un sourire, s'adressa à nouveau à elle.

« On m'a dit que vous avez pratiquement provoqué une émeute, ce matin, avec votre bizut, Señorita Stewart. Comment une fille comme vous peut-elle se laisser aller à de pareils débordements ? C'est impensable ! »

Toujours la même histoire ! « Une fille comme toi »... « La grosse tête du lycée »...

Elle n'avait donc pas le droit de tomber amoureuse, elle ?

Au nom de quoi renoncerait-elle à Mike, si elle avait la moindre petite chance d'être aimée en retour ? Tant pis pour les notes !

6

*J*ennifer et Jill étaient parties tôt, dans la Datsun de Jennifer. Alicia attendait l'autobus devant le lycée quand une Volkswagen toute cabossée fit une embardée pour s'arrêter au bord du trottoir. Une tête connue, toute bouclée, émergea de la fenêtre, du côté du conducteur.

« Tu viens faire un tour, Alicia ? Il n'y a pas beaucoup de place mais on va se serrer ! » s'exclama Mike.

Le siège arrière de la petite voiture était complet. A l'avant trônait Maggie, l'air hautain, près de Mike.

Alicia hésita. Après la scène de la cafétéria, elle n'avait aucune envie de se retrouver en sa présence. A l'expression de Maggie, elle devina que la réciproque était vraie.

« Allez, monte ! Nous allons au Stagestop, le meilleur "fast" de Glenwood. On s'amusera bien ! Viens, fais-*nous* plaisir ! » insista Mike.

Il avait dit « *nous* » en présence de Maggie, et pas « *moi* ». Mais son sourire était si persuasif qu'elle ne put refuser.

« O.K. », lança Alicia.

Maggie ne bougea pas d'un pouce, aussi Mike dut-il descendre de voiture pour permettre à Alicia de prendre place. Il fit basculer son siège en avant, et elle se glissa entre deux paires de grandes jambes.

La première portait un short, l'autre un Levis troué aux genoux.

« Alicia, tu connais Jim, Eric et Laura, n'est-ce pas ? » dit Mike.

Alicia fit un signe de tête. Elle connaissait Jim Schumaker qui suivait le même cours de dessin qu'elle. Il était aussi grand que Mike mais plus costaud. Il avait des cheveux noirs coupés court. Ses yeux gris aux paillettes noires rencontrèrent ceux d'Alicia au moment où elle s'asseyait près de lui. Ce n'était pas facile, tant ils étaient serrés ! Elle sentait les côtes de son pantalon de velours contre sa jambe gauche. Eric grogna, puis se poussa pour lui laisser un peu de place, et il s'assit en partie sur la poignée de la vitre.

Alicia ne l'avait jamais rencontré, mais elle

savait qu'il jouait dans l'équipe de basket-ball et qu'il était le petit ami de Laura Patterson.

Cette dernière s'installa sur un de ses genoux, un bras passé autour de son cou. Elle accueillit Alicia d'un bonjour glacial.

« Salut tout le monde ! » marmonna cette dernière, regrettant maintenant d'avoir accepté l'invitation. Visiblement, elle était de trop.

« Alicia est une fille formidable ! lança Mike. Figurez-vous qu'elle m'a vraiment décidé à m'inscrire aux cours d'été. »

Il changea de vitesse pour aider son tacot à sortir du parking.

« Comme je ne travaillerai à l'imprimerie que les après-midi, je pourrai aller en classe le matin, poursuivit-il.

— Tiens ! On devient sérieux, tout à coup ! ironisa Eric d'une voix forte. Moi qui croyais que tout ce qui t'intéressait, c'était de faire le pitre !

— Je ne vais pas être un bizut toute ma vie, n'est-ce pas ? répliqua Mike. La dernière fois que j'ai consulté les petites annonces, il n'y avait pas grand-chose dans ce genre de job !

— C'est la barbe d'aller en classe l'été, lança Maggie. Moi qui pensais que tu viendrais passer quelques jours avec nous à Clear Lake ! Papa et Maman vont être déçus ! Tu sais combien elle t'adore, maman. Tu vois, si elle était un peu plus jeune, je crois que je serais jalouse ! »

Ainsi, pensa Alicia, elle avait aussi les parents

de Maggie contre elle. Ses chances s'ame-
nuisaient d'heure en heure...

« On verra ça, répondit distraitement Mike.

— Comment avez-vous trouvé Skeeter Hollis ? demanda Laura, changeant de sujet. Il ne
vous a pas fait mourir de rire, avec sa robe des
années 40, toute mitée ? Il paraît que sa mère l'a
achetée chez un fripier...

— Tout ce que je peux dire, marmonna Jim,
c'est que je ne me vois pas dans un accoutre-
ment pareil.

— Quelle idée, Schumaker ! Tu ferais un
malheur au contraire ! railla Eric. Tu te souviens, à la fête de Ben, quand... »

Il se lança alors dans une histoire qui les
concernait tous, sauf Alicia. Elle se sentait mal
à l'aise, inférieure. Volontairement ou non, ils
avaient réussi à l'exclure de leur clan. Il n'en
avait pas été ainsi, au déjeuner, pour Mike et ses
amies à elle. Peut-être était-ce dû au fait que lui,
il avait fait des efforts pour s'introduire dans la
petite bande. Quelle que fût la raison, Alicia
poussa un soupir de soulagement quand le Stagestop fut en vue.

Ils quittèrent la voiture et entrèrent pour
chercher une place libre. Maggie se glissa près
de Mike tandis que Jim invitait Alicia à s'asseoir
près de lui. Il lui parla un peu de ses études, par
pure politesse, elle en avait la conviction. Le ser-
veur prit la commande. Alicia ne voulut qu'un
Pepsi, tant son estomac était serré.

« Tu fais un régime ou quoi ? lui demanda Maggie.

— Tu ne vas pas recommencer avec tes histoires de régime ! s'impatienta Mike. Alicia n'en a pas besoin, je la trouve très bien ainsi. »

A l'expression de Maggie, Alicia comprit qu'elle avait marqué un point, sans l'avoir cherché.

« Ça lui apprendra ! » pensa-t-elle.

Mais, pour ne pas être en reste, Maggie repoussa le hamburger qu'on venait de lui apporter après en avoir grignoté une petite bouchée sous prétexte qu'elle n'avait plus faim.

« On m'a dit qu'au bal de samedi, il y aurait Hay Fever, le fameux groupe de musique country. Pas mal non ? remarqua Laura.

— Ridicule ! Comment un orchestre de cowboys peut-il jouer dans une salle décorée comme la caverne d'Ali Baba ? lança Eric en riant.

— Qu'est-ce que cela peut faire, si les musiciens sont bons ? » remarqua Mike.

Il prit une paille pour boire son Coca et en lança l'emballage à travers la table, d'un geste négligent. Il atterrit au beau milieu des oignons frits de Jim !

La conversation se poursuivit sur la danse, quelques minutes encore, pendant qu'Alicia sirotait son Pepsi en silence. Qu'est-ce qu'on mettrait... Qui y allait avec qui... Qui n'y allait pas avec qui... Tout ce bavardage futile l'agaçait profondément.

« Et toi, avec qui iras-tu ? » lui demanda tout à coup Laura.

Alicia ne put s'empêcher de rougir. Elle ne s'attendait pas du tout à pareille question !

« Eh bien... C'est que... Tu ne le connais pas, finit-elle par arriver à répondre. Il... Il va à Atherton, poursuivit-elle d'une voix faible.

— Pas possible ! s'exclama Laura, avec un intérêt subit. Comment il s'appelle ? J'ai un cousin, qui suit les cours d'Atherton. Il le connaît peut-être...

— Figure-toi que... je n'arrive pas à m'en souvenir. Idiot, n'est-ce pas ? balbutia Alicia... C'est un ami du frère de Jennifer, et je ne l'ai jamais rencontré.

— Comme c'est original ! Un rendez-vous avec quelqu'un qu'on ne connaît pas ! s'exclama Laura. Je n'en ai jamais eu, mais ça ne doit pas manquer de charme. Un peu comme un cadeau de Noël, quand on ignore ce que l'on va recevoir, avant d'avoir ouvert les paquets ! »

Laura trouva sa propre remarque très amusante et partit d'un rire hystérique. Alicia eut la conviction qu'elle se moquait d'elle, tout simplement. Elle était persuadée que chacun savait qu'elle avait inventé toute cette histoire.

Mike devina son embarras et proposa de partir : il devait accompagner son petit frère à son entraînement de football.

Quelques minutes plus tard, ils étaient à nouveau entassés dans la voiture et descendaient

Glenwood Road pour déposer Laura et Eric chez ce dernier.

Jim habitait un peu plus loin, aussi ne resta-t-il que Mike, Maggie et Alicia dans la voiture lorsqu'il fut descendu à son tour.

Alicia expliqua au garçon où elle demeurait.

« Ce n'est pas loin de chez moi, répondit-il. C'est sur le chemin, même ! Aucun problème, je te raccompagne. Nous allons faire un petit détour d'abord parce que Maggie réside au-delà du port.

— Pourquoi je n'irais pas chez toi ? proposa Maggie d'une voix doucereuse, tout en laissant courir ses doigts le long du cou de Mike. Alicia a sans doute envie de rentrer, mais moi, j'ai tout mon temps.

— Impossible, Maggie, et je le regrette beaucoup, tu sais, mais j'ai promis à Kurt de l'emmener au cinéma, après dîner.

— Aucun problème ! J'irai avec vous, ce sera très amusant.

— Tu trouves ça amusant, toi ? *Attack of the Spece Spiders* ? Tu retombes en enfance, ma parole ! Je ne soumettrai personne à pareille torture, tu peux me croire ! »

Maggie fit la moue mais préféra ne pas insister. Quand ils arrivèrent dans sa rue, elle embrassa Mike sur la joue et lança :

« Je vais occuper ma soirée à terminer ma robe. Quand tu vas la voir ! Une merveille ! Les bras vont t'en tomber !

— Dans ce cas, je cours souscrire une assurance ! » plaisanta le garçon.

« J'en parlerai à papa, ça lui fera un nouveau client ! » se dit Alicia, en riant en elle-même.

Elle prit place à l'avant dès que Maggie fut descendue, et remarqua que cela ne semblait pas lui faire plaisir.

« A bientôt, Maggie ! » cria-t-elle d'une voix joyeuse, sans réfléchir.

Étonnée, l'autre lui jeta un coup d'œil par-dessus son épaule :

« C'est ça ! A bientôt, Alicia. »

Là-dessus, elle poursuivit sa route, l'air hautain.

« Et de deux ! » pensa Alicia. Le fait de sortir de sa coquille lui paraissait soudain plus drôle qu'elle ne l'avait imaginé.

Mike démarra. Enfin seuls...

7

« *P*auvre Johannsen, elle a failli avoir une attaque, ce matin ! La tête qu'elle faisait, en nous voyant ! Il faut dire que notre arrivée n'était pas banale, n'est-ce pas, Alicia ? » lança Mike avec un sourire. Ils roulaient maintenant sur une route en lacet. Alicia habitait sur une colline dominant Glenwood.

« C'était la première fois que je la voyais rire ! poursuivit le garçon. Si elle avait assisté à notre numéro du cours de dessin, elle serait tombée dans les pommes !

— Elle n'est pas méchante, quand on la connaît bien, assura Alicia.

— Avec toi, peut-être. Et c'est tout naturel. Mais avec un cancre de mon espèce... Remarque, je ne lui en veux pas. C'est ma faute. Mais comment faire ? Je t'assure que chaque fois que j'ouvre un livre d'histoire, je m'endors dans les cinq minutes qui suivent ! Qui a signé la "Grande Charte de 1215" ? A quoi bon le savoir !

— Je sais de quoi tu parles ! C'est d'un ennui, tout ça... assura Alicia.

— Mais toi, de toute façon, tu te débrouilles toujours pour avoir un A !

— Un « A moins » ! rectifia-t-elle, persuadée que cette petite différence changerait tout pour quelqu'un comme Mike. Elle n'a pas beaucoup apprécié mon dernier devoir : j'avais choisi de parler de George Washington. Et je disais pourquoi il ne souriait jamais !

— Et pourquoi ne souriait-il jamais ?

— Figure-toi qu'il avait des furoncles sur son arrière-train, aussi, tu peux imaginer son martyre lorsqu'il devait poser des heures et des heures assis devant un peintre.

— Ce que tu peux être drôle, Alicia ! déclara Mike en tournant la tête vers elle. A ta façon, tu es géniale ! »

Ce compliment lui réchauffa le cœur.

« Au fait, en parlant d'histoire, tu as déjà visité le musée de Glenwood ? demanda-t-elle à son compagnon.

— Tu veux parler de cette maison, là-haut ? dit-il avec un signe de la main. Un ancien magasin, je crois, non ? J'ai dû y aller une fois, il y a très longtemps. C'est drôle ! On peut vivre près de quelque chose, passer devant tous les jours et ne plus y faire cas !

— Si tu n'es pas trop pressé, on pourrait aller y jeter un coup d'œil. C'est très intéressant. Tu changerais peut-être d'avis sur l'histoire, ensuite... lança Alicia.

— Pourquoi pas ? L'entraînement de Kurt ne commence pas avant une bonne demi-heure... Avec un guide comme toi, je sens que je vais aimer l'histoire ! »

Quelques instants plus tard, Mike garait sa voiture sur le parking recouvert de gravier. Un vieux cheval de bois envahi par la mousse bringuebalait sur son support, près de l'entrée. En cette fin d'après-midi, le soleil était encore chaud et ses rayons jouaient dans les épaisses frondaisons des chênes centenaires. A l'intérieur du musée, il faisait un peu plus sombre. Et, surtout, plus frais.

« Bonjour, mademoiselle Wintrop, dit Alicia en saluant la gardienne, une vieille demoiselle qui habitait une annexe derrière la maison du XIXe siècle abritant les collections.

— Contente de te revoir, Alicia ! répondit Mlle Wintrop avec un sourire. Il y a longtemps que tu n'es pas venue. Mais... tu es en bonne compagnie ! C'est vrai, ça fait *vraiment* un bout de temps que je ne t'ai vue ! »

Alicia rougit : elle venait de s'apercevoir que la gardienne prenait Mike pour son petit ami.

Elle fit les présentations, puis guida le garçon

à travers la maison conservée dans l'état où elle devait se trouver un siècle plus tôt.

« Mais c'est passionnant ! Regarde cette charrue, avec tout son outillage ! » s'exclama Mike en s'arrêtant.

Ce musée des arts et traditions populaires ne manquait pas d'attraits : une machine à laver, munie d'une manivelle et comportant même une essoreuse, un fer à repasser que l'on devait faire chauffer sur un poêle et, surtout, un bac à douche en étain destiné à recevoir de pleins seaux d'eau retenaient l'attention des visiteurs, entre autres objets du temps passé. Alicia eut un mal fou à arracher son compagnon à la contemplation d'une presse ancienne, vestige d'une imprimerie du siècle dernier.

« Maman devrait venir la voir, s'exclama-t-il. Elle qui trouve son matériel démodé !

— Mlle Wintrop appelle ce genre de visite, "une tranche d'histoire vivante", remarqua Alicia. Quand j'étais petite, je ne savais pas ce que cela signifiait... Et je cherchais partout, pour essayer de découvrir où elle avait caché le gâteau !

— Quelle imagination ! remarqua Mike d'une voix douce. En fait, rien d'étonnant ! A la façon dont tu es entrée en classe, aujourd'hui, on devine qu'il y a plein d'idées, dans cette jolie petite tête ! J'ai drôlement de la chance d'être tombé avec une fille comme toi ! »

Alicia se dirigea vers un coin de la salle protégé par une corde qui isolait les visiteurs des mannequins reconstituant une scène de la vie à Glenwood autrefois. Un vieux bureau portait l'inscription "poste restante de Glenwood". Alicia regarda longuement la femme à la longue robe, un sac brodé de perles à la main, qui se tenait devant le bureau.

« Le magasin servait aussi de bureau de poste », expliqua-t-elle.

Mike approuva avec un petit sifflement.

« Si je te disais que ma famille habite la ville depuis plusieurs générations, lança-t-il. Ma grand-mère y est née ! Elle faisait peut-être ses courses ici, tu te rends compte ! Moi qui trouvais l'histoire barbante ! »

Alicia tomba en admiration devant une lampe à pétrole en cuivre.

« A ton avis, si je la nettoyais, est-ce qu'un petit lutin en sortirait pour me demander de formuler trois vœux ? demanda-t-elle, l'air malicieux. Des vœux qui se réaliseraient, bien sûr !

— Parce que tu penses que moi, je ne suis pas capable de les réaliser... Merci beaucoup ! Très flatteur pour moi ! plaisanta le garçon.

— Elle est belle, n'est-ce pas ? enchaîna Alicia. Si j'avais une lampe comme ça à la maison, je vois bien où je la mettrais... »

Elle faisait allusion à la commode de chêne recouverte d'une plaque de marbre que sa mère et elle avaient achetée dans une salle des ventes, l'été dernier. Elles l'avaient astiquée pour la placer dans la chambre d'Alicia.

« Regarde, Mike ! Je t'ai réservé le meilleur pour la fin ! » lança-t-elle, joyeuse.

Il s'agissait d'un ancien bocal destiné à contenir des confiseries.

« Qu'est-ce que c'est, ces trucs à l'intérieur ? demanda Mike.

— Tu ne le croiras jamais !

— On dirait des billes, mis à part qu'elles ne sont pas très rondes.

— Ce sont des groseilles centenaires !

— Tu plaisantes ? Je me demande quel goût elles peuvent avoir aujourd'hui ? jeta Mike en s'approchant, l'air étonné.

— Goûtes-en une et tu verras bien ! » l'invita Alicia.

Il lui lança un regard qui les fit partir tous deux d'un fou rire nerveux. Mlle Wintrop leva les yeux de son journal et leur sourit. Elle secoua la tête et marmonna : « Ah ! les jeunes... »

Pour un fou rire, c'était réussi ! A chaque fois que l'un d'eux parvenait à s'arrêter, l'autre riait de plus belle et c'était reparti !

Il en fut ainsi durant tout le trajet jusqu'à la maison d'Alicia. Ils se tordaient de rire comme jamais !

« On fait une sacrée équipe, tous les deux ! dit Mike entre deux éclats de rire. Au fait, j'ai une idée, poursuivit-il quand il put à nouveau parler. Si je portais Mlle Johannsen sur mes épaules, demain... »

Et les voilà à nouveau entraînés dans un rire incontrôlable...

Alicia se retrouva comme par enchantement devant chez elle. Elle habitait une maison de bois, basse, très coquette. Dans le jardin ombragé poussaient des fougères magnifiques tandis que du lierre recouvrait les rochers.

« Tu entres une minute ? demanda-t-elle. Tu prendras bien un verre de jus de fruit ou quelque chose d'autre ?

— Je suis désolé, Alicia. Mais il faut que j'y aille. Tu n'imagines pas de quoi Kurt est capable, s'il ne me voit pas ! Ce sera pour une autre fois, d'accord ?

— O.K. Et merci pour la balade, Mike. »

Alicia s'apprêtait à ouvrir la porte de la voiture quand elle sentit une main se poser sur son épaule. Elle se retourna : Mike lui souriait.

Il n'avait pas son habituel petit sourire moqueur, mais un sourire grave. Ses yeux semblaient constellés de paillettes d'or.

Alicia se sentit chavirer d'émotion. Elle avait l'impression d'avoir la tête complètement vide.

« C'était formidable, Alicia, lui dit-il doucement. Je le pense vraiment. Je suis bien avec toi, tu sais.

— Moi aussi », répondit-elle, détournant le regard pour qu'il ne voie pas ce que ces mots signifiaient pour elle.

Elle retenait sa respiration, comme pour prolonger cet instant magique. Peut-être... Peut-
être lui demanderait-il quelque chose... Même
s'il ne l'invitait pas au bal du lycée, cela n'avait
aucune importance. Aller au cinéma ensemble,
par exemple... Même avec Kurt, ce soir...

Il ne lui demanda rien de tout cela, mais, au
fond, elle ne fut pas trop déçue. En fait, elle n'y
croyait guère. Elle avait déjà fait un énorme pas
en avant, aujourd'hui. Désormais, il ne la consi-
dérerait plus comme une fille aussi sérieuse
qu'ennuyeuse...

« A demain ! lança-t-elle d'une voix gaie, une
fois dehors. Et tiens-toi bien ! J'ai encore un ou
deux autres tours dans mon sac !

— Avec toi, je m'attends à tout ! répliqua-t-il
en démarrant avec un bruit d'enfer, maltraitant
son embrayage autant que possible.

— Moi aussi ! » se dit Alicia en courant à
toute vitesse vers sa maison.

« $\mathcal{A}$ licia, tes impressions sur ton bizut ? Il s'appelle bien Mike ? lança M. Stewart quand toute la famille se trouva réunie autour de la table pour dîner. De l'histoire ancienne, pour nous, tu comprends, poursuivit-il, l'air malicieux, en regardant son épouse.

— Su-per ! répondit Alicia en prenant un second épi de blé qu'elle badigeonna de beurre. Elle avait une faim de loup, ce soir-là. Gé-nial ! conclut-elle, le visage rayonnant.

— Si cela ne nuit pas à ton travail scolaire, c'est parfait, déclara Mme Stewart. Au fait, à moins que tu n'aies invité ce Mike à faire la vaisselle, je te signale que tu es de corvée, ce soir...

— En parlant d'invitation, qu'est-ce que tu dirais, maman, si quelqu'un venait dîner à la maison, vendredi ? demanda Alicia, décidant qu'il était temps de se jeter à l'eau...

— Mais c'est le jour de ton anniversaire ! Et qui est ce "quelqu'un" ? Un garçon, par hasard ?

— Je pensais à Mike, avoua Alicia, se sentant devenir cramoisie.

— Tu lui as dit que c'était ton anniversaire ?

— Non. Aucune importance... Et puis, si je le lui dis, il va se sentir obligé de m'apporter un cadeau. Et je ne le veux pas, tu comprends ?

— Au fait, je vous ai vus ensemble, au déjeuner, intervint Leslie. Il est vraiment chouette, ce garçon. Tu sors avec lui ?

— Mais non ! Copain-copain, et c'est tout ! » répondit Alicia en essuyant son menton souillé de beurre.

Sacrée Leslie ! Droit au but, avec elle...

Pour l'instant, la petite lorgnait avec envie le plat de céréales que Mme Stewart venait d'apporter. Impossible d'en manger, toujours à cause de ces sacrées bagues ! Cela collait beaucoup trop.

« Copain... reprit Leslie. Cause toujours... J'ai bien vu comment il te regardait ! N'est-ce pas romantique ? demanda-t-elle à la ronde. Ma propre sœur et le Robert Redford du lycée...

— Suffit, Les ! Mêle-toi de tes affaires ! lança Alicia, furieuse, et surtout confuse de sentir le

82

regard de ses parents sur elle. Tu peux parler, avec ton Robbie !

— C'est faux ! » protesta Leslie.

Toutefois, le rouge qui colorait ses joues en disait long. Pour faire diversion, elle demanda :

« Quelle heure est-il, papa ? »

M. Stewart eut un sourire de connivence et regarda sa montre. C'était un homme distingué, aux cheveux blonds, un peu clairsemés, et aux yeux bleus, comme ceux d'Alicia.

« Ne t'inquiète pas, Les, dit-il. Le compte à rebours n'est pas encore commencé. Il y a encore plus d'une heure avant l'interrogatoire, tu devrais te détendre et terminer ton dîner.

— Je t'en prie, papa, tu ne vas pas poser des tas de questions embarrassantes à Robbie, protesta Leslie, n'est-ce pas ? J'en mourrais !

— Si tu meurs, Les, avec qui Robbie ira-t-il au bal ? » demanda Alicia moqueuse.

Pour toute réponse, sa sœur lui tira la langue.

« Prends encore un peu de salade, ma chérie », offrit à sa fille cadette Mme Stewart avec douceur, puis elle ramena la conversation sur l'invitation du vendredi soir. Alicia poussa un soupir de soulagement en apprenant que sa mère était d'accord. Au menu il n'y aurait pas de flan aux courges même si Mike avait assuré qu'il adorait la nourriture saine. Mme Stewart préparerait des lasagnes aux épinards, le plat préféré de sa fille aînée, des pommes de terre avec une sauce persillée, et un gâteau aux bananes.

Alicia ne s'était jamais sentie aussi heureuse que ce soir-là.

« Robbie m'a dit que Russ Monteith était allée à la cafétéria à midi, pour brosser les chaussures de tout le monde, commença Leslie. Mais il paraît que toi et Mike, vous étiez l'attraction du jour. Robbie n'en croyait pas ses yeux ! Il paraît même que vous vous baladiez dans la cour, déguisés ! J'ai du mal à le croire moi-même ! Je lui ai dit qu'il avait dû se tromper, fit enfin Leslie, ses yeux bleus pétillant.

— Et c'est toi qui te trompes ! rétorqua Alicia en grignotant les dernières graines de son épi. Nous avons fait un vrai triomphe, figure-toi. »

Là, Leslie faillit s'étrangler.

Mais elle revint vite au sujet qui la préoccupait.

« Pourquoi ne lui demanderais-tu pas de faire quelque chose de romantique ? Par exemple, il pourrait te cueillir un bouquet de fleurs ou quelque chose dans ce genre...

— Tu plaisantes ! Tu me rappelles Jill ! »

M. Stewart intervint.

« Voyez-vous, les enfants, lorsque j'ai été "bizuté", j'ai dû faire le tour du campus avec une brouette. C'était quelque chose, vous pouvez me croire : il me fallait ramener des trucs comme un cheveu de la moumoute de Dean Thornton, ou un bas de nylon de...

— Ted ! Tu ne me l'avais jamais dit ! coupa son épouse.

— Que veux-tu... Un homme a bien droit à quelques secrets, non ? » répondit-il avec un rire plein de mystère.

Cet aveu avait « fait tilt » dans l'esprit d'Alicia. Certes, l'idée n'était pas très originale mais elle permettait sans doute de bien s'amuser. Et surtout, de démontrer à Mike, si besoin était, qu'elle pouvait faire autre chose qu'obtenir des chapelets de A...

« Papa, tu es formidable ! » lança-t-elle en se levant pour foncer dans sa chambre, laissant M. Stewart interdit.

Elle referma la porte et composa aussitôt le numéro de Jill. Inutile d'essayer d'appeler Jennifer. Elle travaillait, du moins l'affirmait-elle, à la bibliothèque avec Kevin, ce soir. Avec l'imagination qu'elle lui connaissait, Alicia avait la certitude que Jill lui serait d'un grand secours.

A la deuxième sonnerie, celle-ci décrocha.

« Salut, Jill. C'est Alicia. Tu peux venir ? C'est très important !

— Ça tombe mal, soupira l'autre. Je suis en train de lire le meilleur passage de *Blazing Bold Passion*, quand le personnage principal donne une bonne raclée au gars qui lui a piqué sa petite amie...

— Passionnant ! Mais j'ai bien mieux à te proposer ! J'ai trouvé quelque chose d'épatant, pour mon bizut, mais j'ai besoin de toi.

— J'arrive ! »

Cinq minutes plus tard, Jill était là. Alicia prit deux verres de lait et une poignée de biscuits et l'invita à la suivre dans sa chambre.

« Une brouette ? coupa Jill, visiblement déçue, tandis qu'Alicia lui exposait son idée.

— Attends ! Ce n'est pas tout ! »

Elle parla alors de tout ce que l'on pouvait exiger qu'un bizut ramène dans une banale brouette.

Jill trouva alors l'idée fort intéressante. Le plus dur était de se montrer très exigeant pour le contenu de l'engin.

« Voilà pourquoi je t'ai appelée... »

Alicia fouilla dans le tiroir de son bureau, à la recherche d'un carnet et d'un crayon. Puis elle écrivit :

1) Un cheveu blond de la coiffure toujours impeccable de Jaynie Cox.

Jill eut un petit rire.

« Comment fait-elle pour être si parfaite ? La perfection me donne des nausées ! » s'exclamat-elle en avalant son lait d'un trait. Puis elle se mit à croquer un biscuit.

« Tu as une autre idée ? demanda Alicia, pleine d'espoir.

— Humm... Que penses-tu d'une espadrille de Skeeter Hollis ? demanda-t-elle en mâchonnant son biscuit d'une drôle de façon. Nous pourrions toujours nous en servir de radeau, au cas où nous ferions naufrage ! »

Alicia nota la proposition :

2) L'espadrille de Skeeter Hollis.

Puis elle inscrivit aussitôt :

3) Un short de fille du vestiaire du gymnase.

4) Une pincée de tabac de la pipe de M. Garcia.

« Pas mal ! s'écria Jill, lisant par-dessus l'épaule de son amie. J'aimerais voir la tête de Mike, quand tu lui montreras cette liste.

— Attends ! Laisse-moi réfléchir encore un peu... J'ai vraiment envie de lui donner du fil à retordre... »

Une heure plus tard, elles avaient mis au point une liste comportant vingt vraies corvées. Entre autres, le bizut d'Alicia devait lui rapporter une fleur de matière plastique du bouquet toujours posé sur le bureau de M. Feltham, leur professeur de géographie, un cachet d'aspirine chipé à l'infirmerie, d'une marque bien spéciale, une décalcomanie représentant un joueur de foot collée sur la porte du casier de Pete Scanlon, et un poil de la moustache de Wilbur, le chat mascotte de l'école.

« J'avoue que tu as eu une super idée, Alicia ! s'exclama Jill. Maggie va en crever de jalousie, quand elle verra que son amoureux se met en quatre pour toi !

— Si tu avais vu sa tête, lorsque Mike l'a déposée chez elle, cet après-midi. Elle était furieuse de me laisser avec lui ! J'ai comme l'idée qu'elle va me mijoter une petite vengeance gratinée...

— Tu sais ce que l'on dit, de la jalousie ?

— Non !

— Si quelqu'un est jaloux de toi, c'est que tu n'es pas n'importe qui. En fait, Maggie sait bien que tu peux lui rafler son petit ami... »

Alicia se laissa tomber sur son lit, tenant un oreiller contre sa poitrine.

« Tu oublies un petit détail, ma chère. C'est elle que Mike a invitée au bal. Et non *moi* !

— Et alors ? Qu'est-ce que cela prouve ? Quand il l'a fait, il ne te connaissait pas encore !

— Oh ! J'y pense ! gémit Alicia d'une voix étranglée en se retournant avec son oreiller. Je leur ai dit que j'étais invitée, à ce fameux bal... Tu sais, j'étais tellement désespérée... Je n'ai pas réfléchi... Ils s'apercevront bien que je leur ai menti, puisque je n'irai pas ! »

Jill fronça les sourcils et saisit les derniers biscuits de l'assiette.

« Tu pourras toujours leur dire que tu as été malade...

— Pourquoi m'être fourrée dans ce pétrin ? se lamenta Alicia.

— Tes deux amies préférées y sont peut-être pour quelque chose... murmura Jill.

— Tu peux le dire !

— Juste une petite faveur, Alicia, supplia Jill, l'air sérieux. À l'avenir, ne te laisse plus démonter par Maggie ou par cette peste de Laura Patterson. Promis ?

— J'essayerai, assura Alicia. Je voudrais tellement savoir ce que Mike pense exactement de moi ! En fait, il ne m'a rien dit. Sauf que c'était agréable d'être en ma compagnie, c'est tout.

— Pas mal, pour un début ! Donne-lui une chance ! Même dans les romans d'amour, l'héroïne n'en sait pas davantage avant le chapitre quinze !

— Tu me rassures, Jill ! »

Alicia quitta son lit, toujours munie de son oreiller, et se mit à arpenter sa chambre.

« Ça me revient ! cria-t-elle soudain. Le nom de mon présumé cavalier pour le bal ! C'est Freddie Fiberfill !

— Eh bien, bon courage, rétorqua son amie. Je l'ai souvent rencontré. Quel type ennuyeux ! Heureusement que ton invitation n'est que purement imaginaire ! »

Les deux filles se jetèrent sur le lit en riant aux éclats.

La sonnerie retentit tout à coup. Robbie arrivait... Alicia le croisa alors qu'elle raccompagnait Jill jusqu'à l'entrée de la maison. Il était si nerveux qu'elle se demanda s'il n'allait pas perdre ses lunettes.

Leslie fit les présentations et l'introduisit dans le salon. Elle aussi paraissait soudain intimidée.

« Vous voulez savoir ce que j'ai trouvé, pour

Mike ? » lança Alicia en passant, avant de regagner sa chambre.

Ses parents se contentèrent d'échanger un regard qui en disait long : ils ne reconnaissaient plus leur fille aînée !

M. Stewart serra la main de Robbie.

« Leslie m'a dit que tu faisais partie de l'équipe de foot, fit-il l'air affable. J'ai un peu joué au foot, au lycée... »

Le reste de la conversation échappa à Alicia. Elle avait autre chose en tête.

9

*L*e mercredi, Alicia ne vit pas Mike avant le cours de dessin. Elle le dénicha enfin derrière un tas d'affiches publicitaires qu'il découpait pour faire des collages. Elle lui montra aussitôt la fameuse liste.

Quand il eut fini de la lire, Mike fit une grimace d'horreur.

« Tu me prends pour Superman ? Où veux-tu que je trouve tout ça ? A moins de jouer les passe-murailles !

— C'est ton problème, lança-t-elle amusée. Deux jours plus tôt, elle n'aurait pas eu le courage de lui parler ainsi.

— Tu es vraiment diabolique, tu sais ! s'exclama-t-il en riant.

— Heureuse que tu l'aies remarqué, Mike !

— Sérieusement, Alicia, je n'aurais jamais pensé une chose pareille de ta part !

— Ça te paraît amusant ?

— Plutôt ! Mais pas facile ! »

Il disposa quelques morceaux de papier découpés sur le carton qui servirait de fond. Puis il les colla.

« Et qu'est-ce que tu feras de ce bazar, quand je te l'aurai rapporté ? Il faudra trouver moyen de le montrer, au défilé. »

En le regardant travailler, Alicia eut une idée.

« Élémentaire, mon cher Watson ! Nous ferons une exposition pour le moins originale, tu en conviendras ! Nous collerons certains objets, nous en fixerons d'autres, c'est selon, sur un grand panneau comme celui-là ! dit-elle en désignant le fond de son collage. Et nous mettrons même une petite légende dessous, pour agrémenter le tout ! »

Mike la regarda avec tant d'intensité qu'elle en fut gênée.

« Mais, tu es un phénomène, Alicia ! Un vrai phénomène ! »

Ce n'était pas le compliment qu'elle attendait vraiment, mais il lui suffisait. Si quelqu'un lui avait dit, quelques semaines plus tôt, qu'elle serait près de Mike, en train d'échafauder des plans avec lui, elle ne l'aurait pas cru. Pourtant, elle était bel et bien en train de plaisanter avec lui le plus naturellement du monde...

« Je m'attends à avoir pas mal d'ennuis, d'ici la fin de la semaine, lança le garçon.

— Surtout, top secret ! recommanda Alicia. Il faut ménager l'effet de surprise !

— Motus et bouche cousue !

— Vois-tu, Mike, au début, peu m'importait de savoir où tout cela nous mènerait. Maintenant, j'ai hâte de le savoir, avoua-t-elle en rassemblant tout son courage.

— Tu n'étais pas persuadée que nous allions faire une équipe du tonnerre, toi et moi ? Mieux que Laurel et Hardy ?

— Bien mieux encore ! » lança Alicia dans un éclat de rire.

Elle aurait aimé lui dire ce que signifiaient vraiment ses derniers mots, lui faire comprendre que ce qui comptait désormais pour elle, c'était de se trouver près de lui... Elle avait découvert aussi que, malgré les apparences, ils avaient pas mal de points communs. Mike était un garçon chaleureux, sensible et intelligent.

« Pourquoi fais-tu ce collage ? Le professeur ne l'a pas demandé ?

— Tu ne me croiras jamais, mais c'est pour un client de maman. Il vient d'ouvrir une boutique d'articles de sport, et m'a commandé quelques affiches, pour annoncer la grande vente d'inauguration. Savoir si ça lui plaira...

— C'est merveilleux, Mike ! J'ignorais que tu t'intéressais à la publicité », s'écria Alicia, enthousiaste.

Elle remarqua que les extrémités des oreilles du garçon viraient à l'écarlate...

« C'est-à-dire que... C'est depuis que ma mère a sa boutique. Je ne sais pas ce que je vaux, mais j'aime bien bricoler un peu dans ce domaine...

— Je suis sûre que tu es *très* doué ! C'est pour cela que tu veux suivre des cours cet été ? Pour pouvoir entrer plus tard dans une école spécialisée ?

— J'ai entendu parler de certains établissements, renommés par leurs cours de journalisme et de publicité. J'aimerais bien tenter ma chance. Tu ne me trouves pas ridicule, au moins ?

— Bien sûr que non ! Il faut toujours essayer !

— Toi, tu me comprends, Alicia, murmura Mike. Quand j'en ai parlé à Maggie, elle... »

Mais il ne termina pas sa phrase et se contenta de hausser les épaules avant de se remettre au travail. Puis, il retrouva son ton badin habituel.

« Voilà ce que j'appelle un chef-d'œuvre, lança-t-il en prenant du recul. Michel-Ange peut toujours s'accrocher... »

Après le cours, Alicia vit Jim Schumaker venir à elle, alors qu'elle rangeait ses affaires.

« Je t'invite à la cafétéria, Alicia, on va prendre un pot !

— Non... Je regrette, mais c'est impossible... répondit-elle.

— Encore du boulot, je suppose ? grogna le garçon.

— Non... Je... J'ai promis à maman de l'aider, voilà tout, réussit-elle à articuler.

— C'est nouveau, ça ! rétorqua Jim. Eh bien, tant pis. » Là-dessus, il s'éloigna.

« Pire que Marilyn, cette Alicia ! s'exclama Mike. Tu as encore fait des ravages ! Figure-toi que ce pauvre Jim m'a dit ce matin qu'il aurait aimé aller au bal avec toi, samedi. Mais comme tu as déjà un cavalier, c'est râpé !

— Avec moi ? répéta Alicia dans un souffle.

— Et alors ? Qu'est-ce que cela a d'extraordinaire ? Je suppose que les petits amis ne doivent pas te manquer, jolie comme tu es !

— Ça, tu peux le dire ! J'en ai des centaines ! Des milliers, même ! » lança Alicia d'une voix mal assurée.

Tout ce que je voudrais, ce serait en avoir un. Un seul... pensa-t-elle en grand secret. Elle ne pouvait s'empêcher d'éprouver une légère déception. Mike n'avait pas paru jaloux. Pas le moins du monde. Quant à l'invitation de Jim, pour une surprise, c'était une sacrée surprise ! Elle n'en revenait pas et, pour être honnête, cela la flattait beaucoup.

Elle découvrait avec plaisir que les garçons finissaient par la remarquer. Un peu de confiance en soi et un joli sourire, voilà peut-être la recette miracle ! Encore fallait-il tomber sur quelqu'un qui lui plaise, à elle aussi ! Sinon, à quoi bon...

Et si Jim l'invitait tout de même, que lui

dirait-elle ? Trouverait-elle l'idée excellente, pré-textant que son cavalier fantôme avait eu un empêchement de dernière minute ? Elle ne le connaissait pas beaucoup, mais elle le trouvait plutôt sympathique. L'année dernière, il sortait avec Cathy Hobbs, l'une des filles les plus courtisées de l'école.

« Un tiens vaut mieux que deux tu l'auras ! » aurait dit Jennifer si elle lui posait la question de savoir si elle devait ou non accepter cette hypothétique invitation.

Quand Mike se déciderait-il à faire le premier pas ? Lui demanderait-il jamais de sortir avec lui ? Et s'il voulait seulement qu'ils .soient copain-copain ?

« J'ai parlé à maman, pour le dîner à la maison, lança-t-elle comme ils quittaient la salle. Vendredi soir, ça t'irait ? »

Elle crut que son cœur allait s'arrêter de battre...

« Super ! A quelle heure ? demanda-t-il, rayonnant.

— Aux alentours de six heures trente...

— O.K. ! J'aurai le temps de réchauffer une pizza pour Kurt, avant de partir. Je lui dirai d'aller jouer chez David, un copain à lui qui habite l'immeuble d'à côté. Il va être ravi ! »

L'esprit d'Alicia était déjà bien loin du lycée. Elle rêvait à ce vendredi soir miraculeux quand elle fut bien obligée de revenir sur terre... Elle buta contre des planches déposées dans la cour pour la construction de nouveaux gradins, dans le gymnase. Sans Mike, elle se serait bel et bien étalée !

« Heureusement que je te suis comme ton ombre ! » plaisanta-t-il en la retenant par un bras.

Il ne desserra pas son étreinte tout de suite. Alicia ressentit une vive émotion. Des fourmillements remontaient jusqu'à son coude tandis qu'elle devenait cramoisie.

Puis Mike la prit par la main et l'entraîna vers la piscine : un attroupement bruyant annonçait qu'il s'y passait quelque chose d'insolite.

En effet, Randy Cooke était en train de se livrer à une véritable pêche miraculeuse. Une palme en caoutchouc, accrochée à l'hameçon de sa canne, surgit bientôt de l'eau, tandis que le garçon imitait les efforts désespérés d'un pêcheur qui aurait eu une grosse prise. La palme rejoignit les bonnets de bain, tubas et masques qu'il avait déjà ramenés du fond.

« Si cela les amuse, dit Alicia, alors, nous, nous allons faire un malheur ! »

Mike approuva d'un signe de tête en la regardant d'une telle façon qu'elle eut l'impression que ses jambes ne la portaient plus.

Un peu plus tard, Alicia rencontra Jennifer alors qu'elle allait déjeuner.

« Jill m'a parlé de ton idée ! Je la trouve formidable, lui dit cette dernière. Figure-toi que je viens de voir Mike en compagnie de Jaynie Cox.

Heureusement que je savais que c'était pour la bonne cause. Sinon, j'aurais pensé, comme tout le monde le dit, d'ailleurs, que c'est un sacré don juan !

— Ah ? On dit ça ? rétorqua Alicia en s'arrêtant, interdite.

— Pan dans le mille ! lança Jennifer, rouge de honte. Avec ma langue trop longue, je n'arrête pas de faire des gaffes. En fait, tu sais comment sont les gens... Il n'y a rien de vrai là-dessous : parce que Mike est plus sympa que la plupart des autres garçons, on ne va tout de même pas le prendre pour un séducteur-né ! »

Jennifer enchaîna sur Kevin et leur rendez-vous de la veille, puis évoqua la rencontre de basket de l'après-midi.

« Demain soir, il y a un match... Tu vas y aller, je suppose ? Mike joue... affirma-t-elle.

— Je ne sais pas... »

Le sport n'avait jamais attiré Alicia. De plus, comme elle avait invité le garçon pour le dîner, elle craignait qu'il ne la trouve un peu « collante ».

« Tu devrais t'intéresser davantage à ce qu'aime Mike, lui conseilla Jennifer. Crois-tu que Kevin sortirait encore avec moi, si je me mettais à bâiller chaque fois qu'il me parle de basket ?

— Mais nous ne sortons pas encore ensemble, précisa Alicia en riant.

— A la bonne heure ! J'aime bien ce "pas encore" !

— Il risque de se prolonger...

— Stop ! Je t'interdis de te fourrer une idée pareille en tête ! s'exclama Jennifer.

— Comme tu voudras... Je sais qu'il m'aime bien, mais de là à... Enfin, cette semaine, il est mon bizut, mais ensuite...

— Un peu de sérieux, veux-tu. On est mercredi... Il peut arriver plein de choses, d'ici la fin de la semaine ! »

Plein de pépins, aussi, pensa Alicia en baissant les yeux.

10

« *A*s-tu bientôt fini de bouger ? »

Alicia, une aiguille à la main, leva les yeux vers sa sœur. Leslie avait passé sa robe de bal et Alicia l'arrondissait avant de coudre l'ourlet. La robe lui allait à ravir : sa couleur bleu ciel était en parfaite harmonie avec le bleu de ses yeux.

« Si tu crois que c'est facile ! protesta Leslie. Je ne tiens plus en place... Je me vois avec Robbie... Il passe un bras autour de ma taille... Nous allons danser...

— Calme-toi ! insista Alicia, sans résultat.

— Et si, par exemple, je tombais dans les pommes, lança la petite. Quelle honte ! On m'emmènerait sur une civière et Robbie serait drôlement embêté ! Il ne m'adresserait plus jamais la parole, je parie...

— Où vas-tu chercher des idées pareilles ? marmonna Alicia. Bouge plus, tu veux ? Tiens, je me suis piquée, tu es contente ?

— Oh ! Pardonne-moi ! s'écria Leslie. Promis, juré, je ne bouge plus... »

Alicia termina son ourlet et prit un peu de recul, histoire de vérifier si son travail était parfait. Leslie se mit à tournoyer devant le grand miroir de sa chambre. Ses yeux étincelaient de joie.

« A ton avis, Robbie va me trouver bien ?

— A mon avis, c'est lui que l'on va emporter sur une civière !

— Alicia, si tu savais comme j'aimerais que quelqu'un t'invite à ce bal ! C'est tout de même un comble ! Une fille comme toi...

— Moi aussi, j'aimerais bien », avoua Alicia pour la première fois.

Au fond d'elle-même, elle ne s'estimait pas aussi malheureuse que Leslie pouvait le croire. Elle aurait pu y aller avec Jim, sans cette histoire ridicule de chevalier servant fantôme...

« Je n'en mourrai pas, tu sais ! lança-t-elle à sa sœur.

— D'accord, mais tout de même, je me demande à quoi pensent les garçons ! Tu es si jolie, élégante et tout... Souvent j'aimerais être à ta place...

— Un instant, veux-tu ? coupa Alicia. Tu aimerais être à ma place ? J'ai bien entendu ?

— Ce n'est pas ce que je voulais dire, dit Leslie, confuse. Tu ne m'en veux pas ?

— On oublie tout ça ! lança Alicia en donnant un baiser à sa sœur.

— Tu es *très* jolie, Alicia, insista la cadette, même si tu ne le sais pas, ou si on ne te le dit pas... »

Décidément, cette gamine m'étonnera toujours, pensa Alicia.

« Tu me trouves vraiment jolie ? » demanda-t-elle à sa sœur en l'aidant à quitter sa robe.

La tête de Leslie finit par émerger d'un flot de soie bleue plissée : ses immenses yeux bleus fixèrent longuement Alicia.

« Bien sûr... Mais si je te dis quelque chose, tu me promets de ne pas te fâcher ?

— Comment veux-tu que je te promette si je ne sais pas de quoi il s'agit ?

— Voilà ! A mon avis, tu serais mieux si tu te coiffais différemment !

— Qu'est-ce que tu reproches à ma coiffure ? » demanda Alicia en se regardant avec attention dans le miroir. Ses cheveux bruns et raides étaient partagés par une raie au milieu et retombaient sur ses épaules.

« J'ai toujours été coiffée ainsi, dit-elle en fronçant un peu les sourcils.

— Justement ! Tu es coiffée ainsi depuis des

années. Tu n'as pas envie d'essayer de changer un peu, maintenant que tu vas avoir seize ans ?

— C'est ça ! Dis que je ressemble à Franken-stein ! » se moqua Alicia.

Leslie haussa les épaules, s'assit devant sa table de toilette et se mit à se limer les ongles avec soin.

« Bon, si tu ne veux pas t'arranger un peu pour Mike, cela te regarde ! »

Alicia dut reconnaître que Leslie avait raison. Il était grand temps de changer...

Trois heures plus tard, Alicia avait bel et bien changé...

Elle s'assit, tout de même un peu anxieuse, devant sa table de toilette. Leslie enleva le dernier rouleau, puis se mit à lui brosser vigoureusement les cheveux.

Jamais Alicia ne lui aurait confié une mission pareille — changer de coiffure n'est pas une mince affaire, n'est-ce pas ? — si elle n'avait connu les talents de sa sœur en la matière. Dès sa plus tendre enfance, elle coiffait et recoiffait ses poupées à merveille.

« Et voilà ! Mademoiselle est satisfaite ? » demanda Leslie.

Alicia ne savait que répondre. C'était tout simplement... merveilleux ! Des vagues légères auréolaient son visage, elle avait l'impression que ses cheveux étaient de soie, tant ils semblaient doux et brillants. Elle tourna un peu la tête de côté... Parfait !

« Les, tu es super-douée ! lança-t-elle, folle de joie.

— La tête de Mike, quand il va te voir ! jeta sa sœur. Au fait, il vient bien dîner à la maison, vendredi soir ?

— En principe.

— Je parie que quand il apprendra que c'est ton anniversaire, il t'emmènera quelque part, après dîner...

— Tu crois ? »

Alicia n'avait pas envisagé une chose pareille mais après tout, pourquoi pas ? Et elle se mit à rêver à une soirée au cinéma... Même un petit tour en voiture, cela suffirait, pensa-t-elle, émerveillée.

Le lendemain matin, elle se leva de bonne heure pour redonner un pli à sa nouvelle coiffure avec le fer à friser, puis passa la demi-heure suivante à se demander comment elle allait s'habiller. Elle opta finalement pour sa jupe paysanne crème, ses bottes marron et son chemisier rouille dont elle aimait beaucoup le décolleté. Un peu de fard aux yeux, une touche de rouge à lèvres...

L'image que lui renvoya son miroir lui arracha un petit cri de surprise. Elle se trouvait *vraiment* jolie !

Elle descendit aussitôt à la cuisine pour prendre son petit déjeuner. Son père leva les yeux de son journal.

« Eh bien ! Qu'est-ce que tu as changé, Alicia ! Tu es vraiment très belle ! Qu'est-ce qui se passe ?

— Oh ! Rien de spécial, papa, mentit-elle. Où est le sucre ? demanda-t-elle une fois assise à sa table, en se versant une cuillerée de pétales de maïs.

— C'est assez sucré, goûte ! dit sa mère. Le sucre abîme les dents.

— Leslie n'est pas réveillée ? s'étonna Alicia.

— Elle n'est pas encore descendue. Elle doit essayer un nouveau produit de beauté, lança M. Stewart avec un clin d'œil. Robbie va sans doute passer pour aller au lycée avec elle. Il est bien, ce garçon...

— En effet, approuva son épouse. C'est un jeune homme très agréable. Que veux-tu, Ted, il faudra nous y faire, nos filles grandissent... »

Alicia sentit sa gorge se serrer. Elle ne pouvait plus rien avaler. Lorsqu'elle repoussa son bol, sa mère, occupée à frire une pleine poêle d'œufs, la regarda :

« Tu ne te sens pas bien ? Tu as l'air fatigué. Viens ici, que je voie si ton front n'est pas brûlant...

— Mais non, maman ! Je n'ai rien. Bon, je file ; Jennifer doit m'attendre dans la rue. Au revoir ! »

Elle embrassa ses parents à la hâte et sortit en courant. La Datsun de son amie arriva une minute plus tard.

« Tu es extraordinaire, Alicia ! Qu'est-ce que tu as fait à tes cheveux ? s'exclama Jennifer.

— C'est Leslie... Je l'ai laissée faire... » répondit Alicia en prenant place à l'arrière pour laisser le siège avant à Jill.

Jennifer secoua la tête en signe d'approbation et mit ses lunettes de soleil.

« Il y en a qui ont toutes les chances... Primo, un bizut, secundo, une sœur aux doigts de fée. Et ensuite ? Le prince va arriver sur son blanc destrier, crois-moi !

— Ça, c'est moins sûr ! » rétorqua Alicia, un sourire aux lèvres, imaginant Mike en Prince Charmant.

Elle rencontra le pseudo-Prince Charmant en arrivant au lycée. Il sortait de l'infirmerie.

« Tu peux vérifier, lui dit-il en lui montrant un tube de cachets d'aspirine. Tu dois être satisfaite, n'est-ce pas ? J'ai dit à Miss Bruener que j'avais attrapé la migraine pendant l'entraînement, au basket, et elle a même voulu voir si je n'étais pas blessé ! »

Ils se mirent tous deux à marcher dans le hall.

« A mon avis, c'était l'une des épreuves les plus faciles. Où es-tu allé chercher des idées pareilles ? »

Il fouilla dans la poche de son blouson et en tira un bouton.

« Ça aussi, c'était facile ! Le casier de Jamie Kline est près du mien, dans le gymnase. J'ai attendu qu'il aille sous la douche pour lui piquer sa chemise. Il en a tellement qu'il ne s'en apercevra pas !

— Nous la lui rendrons à la fin », dit Alicia.

Elle sentit tout à coup que Mike la regardait fixement, et cela la rendit si nerveuse qu'elle faillit laisser tomber ses livres.

« Tu n'es pas comme d'habitude, remarqua-t-il. Ah, je vois... Tes cheveux... Ça te va très bien.

— Merci, murmura-t-elle dans un souffle.

— Tu es vraiment jolie, Alicia. Mais je ne dois pas être le premier garçon à te le dire... »

Elle ne trouva rien à répondre et se contenta de sourire. Puis elle se souvint de ce que lui avait recommandé Jennifer.

« Au cas où j'oublierais, je préfère te souhaiter bonne chance pour le match de ce soir !

— Tu viendras ? demanda-t-il, étonné.

— Ce n'était pas prévu, mais...

— Tu fais quelque chose d'autre ?

— Non, pas du tout.

— Alors, pourquoi pas ? Après, on pourrait aller prendre un pot ensemble ou manger une pizza. »

Alicia avait la certitude que sa réponse était écrite sur son visage.

« J'aimerais bien, tu sais... répondit-elle en s'efforçant de dominer son trouble.

— Formidable ! s'écria Mike avec un clin d'œil. Attends-moi ici, à midi. J'aurai une surprise pour toi. »

Jamais une matinée ne lui avait paru aussi longue que celle-là... Malgré ses efforts, elle se sentait incapable de penser à autre chose qu'à cette mystérieuse surprise.

Midi sonna enfin. Mike ne tarda guère.

« Devine ce qu'il y a, là-dedans ? » lança-t-il en lui montrant une boîte à chaussures.

Elle lui emboîta le pas, et ils quittèrent le lycée.

« Aucune idée ! avoua Alicia après un moment de réflexion.

— Cherche ! Qu'est-ce que tout le monde souhaite par-dessus tout ?

— Être riche, peut-être...

— C'est gagné ! s'écria le garçon. Et, d'un grand geste, il ôta le couvercle de la boîte. Madame, vous voici millionnaire ! »

Alicia resta bouche bée devant l'argent contenu dans la boîte, puis se mit à rire. Il ne s'agissait pas vraiment d'argent, bien sûr, mais ce que Mike avait fait avec du papier vert et une presse était très réussi.

« J'y ai songé la nuit dernière, expliqua-t-il. J'ai pensé à ces caricatures au début de l'année, tu te souviens. J'avais conservé ton portrait, alors, un petit tour dans l'imprimerie de maman, et le tour était joué ! »

Alicia regarda le contenu de la boîte d'un peu plus près.

Sur chaque billet vert, il y avait une petite caricature d'elle. En dessous, on pouvait lire

« *Alicia. En souvenir de la semaine des bizuts 1986.* »

« Je n'ose y croire ! »

Elle ne trouva rien d'autre à dire...

Des élèves s'arrêtèrent pour admirer l'œuvre de Mike et il y eut bientôt un petit attroupement. Alicia et Mike distribuèrent quelques « dollars » en souvenir. Puis elle souffla quelque chose à l'oreille de son compagnon.

Il partit en courant : quelques instants plus tard, il était de retour, avec une pelote de ficelle et des ciseaux. Ils se mirent tous deux à suspendre les billets verts, attachés au bout d'un morceau de ficelle, aux branches d'un sycomore.

« Qui prétend que l'argent ne pousse pas sur les arbres ? » plaisanta Mike, pour le plus grand plaisir des spectateurs.

Jill et Jennifer arrivèrent sur ces entrefaites. Elles trouvèrent l'idée peu banale...

Une légère brise souleva quelques billets mal fixés et les emporta sur l'herbe de la pelouse. Il y eut une belle cohue, pour essayer de les rattraper.

Assurément, il s'agissait de l'un des spectacles les plus drôles de la semaine.

Bill Glass, photographe du journal de l'école, le *Glenwood World*, prit même une photo de l'arbre-à-dollars !

« Je voterai pour vous deux ! commenta-t-il en rangeant son appareil. J'aime bien les gens comme vous ! »

Alicia et Mike rayonnaient.

Un peu plus tard, Jennifer murmura à l'oreille de son amie :

« Tu as vu la tête de Maggie, tout à l'heure ? Si ses yeux avaient été des pistolets... »

Rien ne peut m'atteindre, désormais, pensa Alicia, heureuse. *Même pas Maggie.*

11

*L*e gymnase était illuminé quand Alicia et Jennifer y arrivèrent, un peu avant huit heures. Les gradins se remplissaient rapidement d'une foule bruyante — Glenwood jouait contre Atherton, lui avait appris Jennifer. Le match promettait d'être mouvementé.

Meredith, la sœur de Jennifer, leur avait réservé des places au premier rang. En s'asseyant, Alicia fit un signe à Les et Robbie.

« Ah ! vous voilà ! les salua Meredith en faisant voler ses longs cheveux blonds sur ses épaules. Je croyais que vous ne viendriez pas ! Le match va commencer d'une minute à l'autre. »

Quand les joueurs envahirent le terrain, Jennifer se mit à appeler Kevin à pleins poumons :

il était facilement reconnaissable, le plus petit de tous ! Il finit pas l'entendre, et lui adressa un salut. Mike se trouvait juste derrière lui.

Alicia sentit son cœur battre plus fort. Comme il était beau, bien bronzé, dans son maillot orange et blanc !

Les yeux du garçon parcoururent les gradins. Sans doute la cherchait-il... Quand il l'aperçut enfin, il lui fit un grand signe, le sourire aux lèvres. Elle aussi, elle se sentait rayonnante.

Il y eut un beau charivari lorsque Skeeter Hollis, toujours affublé de sa robe des années 30, laissa sortir le ballon. Ses grands pieds se prirent dans l'ourlet, et il s'affala tandis que le public mourait de rire.

A l'arrière, Alicia aperçut Tom Gates, dans un fauteuil roulant, poussé par son bizut, Sparkey Knowles. Tom avait une jambe dans le plâtre — il s'était fait une entorse une semaine plus tôt —, aussi ne pouvait-il pas participer à la rencontre. Il avait toutefois bien l'intention de jouer un petit rôle. Skeeter lui passa la balle : il visa de son fauteuil et marqua un panier. Des applaudissements, accompagnés de trépignements de pieds, résonnèrent de tous côtés.

Le coup de sifflet de l'arbitre retentit et le jeu commença sérieusement.

Alicia ne comprenait pas grand-chose à ce qui se passait. Elle suivait les commentaires enthousiastes de son amie.

« ...Incroyable, ce panier ! »

« ...Mike protège le ballon ! Bien joué ! »

« ...Bravo, Kevin ! Deux de plus pour nous ! »

A la fin du premier quart d'heure, le tableau indiquait :

Glenwood : 12

Atherton : 15

Les majorettes envahirent le terrain dans un flamboiement de couleurs éblouissantes. Dans le groupe, Alicia aperçut Maggie, un peu à l'écart. Savoir si Mike l'avait vue... Jennifer lui fit remarquer que cette effrontée trouvait toujours le moyen de se distinguer des autres. Une attitude qui l'horripilait.

Soudain, les filles se rangèrent en cercle autour de Maggie et celle-ci exécuta une roue parfaite. Le public, enthousiaste, la salua par des applaudissements déchaînés.

Alicia vit Mike, près des gradins, en grande conversation avec son entraîneur. Peu après, Maggie courut vers lui et lui souffla quelque chose à l'oreille. Il sourit et lui répondit, ce qui fit rire Maggie.

En les voyant ensemble, Alicia se sentit très malheureuse. Comment pouvait-elle être sûre de Mike, une minute, puis douter de lui l'instant suivant ?

Et si c'était vrai, qu'il aimait jouer les don juan ? Et s'il n'avait cherché qu'à la séduire, depuis le début ? Toutes ces pensées l'assaillaient tandis qu'elle les voyait l'un près de l'autre, complices.

Était-ce vrai qu'il n'aimait que flirter ? Était-ce seulement cela, qu'il avait fait avec elle depuis le début ? Peut-être n'avait-elle jamais été en compétition avec Maggie. En la regardant, Alicia pensa que Mike était vraiment de connivence avec elle.

Jennifer remarqua son trouble et essaya de la distraire.

« On m'a dit que la pizzeria qui vient d'ouvrir en bas de la ville est super. Ils ont même des disques enregistrés en concert. Kevin et moi, nous avons projeté d'y aller, après le match. Vous venez avec nous, toi et Mike !

— Je ne sais pas, répondit Alicia. Cela dépendra de lui.

— Qu'est-ce qui ne va pas, Alicia ? Tu n'as pas l'air très enthousiaste ! jeta son amie.

— Mais non, au contraire ! Je te remercie de ton invitation. Il faut bien que je demande son avis à Mike ! »

A cet instant, elle aurait donné n'importe quoi pour qu'il vienne lui parler. Même si c'était une véritable torture pour elle, elle ne pouvait détacher son regard du couple Mike-Maggie.

Quelle idiote d'avoir envisagé qu'il pourrait s'intéresser à une fille comme elle !

Il lui avait pris la main, d'accord, mais cela ne signifiait nullement qu'elle lui plaisait ! Ou alors, c'était juste pour flirter un peu. Comme le prétendait la rumeur publique...

Le sifflet retentit et elle se retrouva prise dans

le feu de l'action. Cris, sifflements, encouragements partaient de tous côtés. Quel vacarme ! A la fin du dernier quart d'heure, les deux équipes étaient à égalité, aussi le jeu se poursuivit-il. Jennifer criait si fort que sa voix était enrouée.

Dans les dernières secondes, Gorgon Hastings, le centre de l'équipe de Glenwood, passa le ballon à Kevin tandis que Mike bloquait un arrière d'Atherton.

Enfin, il y eut un grand silence dans la foule. Le ballon toucha le filet pour aller rebondir sur son rebord. Il resta là, un bref instant, puis tomba lentement dedans...

Alors, un véritable délire envahit la foule. Jennifer, déchaînée, sautait sur son siège. Kevin tourna la tête vers elle et elle se précipita sur le terrain. Bientôt Alicia la perdit de vue, tant la confusion était grande. Elle tenta d'apercevoir Mike. Hélas, sans succès...

« Tu cherches quelqu'un ? »

Alicia se retourna : c'était Maggie. Les yeux cruels, elle la toisait d'un air méprisant.

« Exact ! Je cherche Mike ! répondit Alicia, décidée à ne pas se laisser impressionner. Il m'avait promis de me rejoindre, à la fin du match. »

Maggie éclata d'un rire mauvais.

« Pauvre fille ! A ta place, je laisserais tomber !

— Mais, de quoi je me mêle ? répliqua Alicia, rouge de colère.

117

— Tu ne t'es pas encore rendu compte qu'il est gentil avec toi par pure obligation ? On voit que tu ne le connais pas aussi bien que moi ! Un garçon si délicat, qu'il a toujours peur de décevoir les gens. Aussi, je préfère te prévenir... Tu supporteras mieux le coup ! »

Alicia se sentit comme anéantie. Mais sa fierté lui permit de prendre le dessus et de n'en rien laisser voir à la perfide Maggie.

« Je te remercie de ta sollicitude, Maggie... Mais figure-toi que je suis assez grande pour savoir ce que je dois faire.

— Tu en es sûre ? rétorqua l'autre, les lèvres pincées. Bon... Eh bien, on en reparlera ! Rendez-vous la semaine prochaine !

— Je ne vois pas ce que tu veux dire...

— Ne fais pas l'ignorante ! Une chose, encore : rappelle-toi que c'est *moi* qu'il a invitée au bal de samedi, et pas *toi* ! Au cas où tu l'aurais oublié... »

Laura Patterson arriva juste à ce moment-là. Elle lança un regard glacial à Alicia.

« Pourquoi perds-tu ton temps avec elle, Maggie ? Nous allons être en retard. Les garçons nous attendent dehors.

— Allons-y ! » dit Maggie en se tournant vers son amie, un sourire lumineux aux lèvres.

Alicia quitta à son tour les gradins, les yeux embués. Son visage était brûlant tandis que le reste de son corps lui semblait glacé. Elle ne sentit même pas Jennifer lui prendre la main...

118

« Un sacré match, n'est-ce pas, Alicia ? s'exclama celle-ci avec enthousiasme. Mais... ? Qu'est-ce que tu as ? Tu es livide...

— Oh ! Ce n'est rien... J'ai dû mal digérer... Prendre froid, peut-être...

— Tu t'es dépensée pendant le match ! Il faut reconnaître qu'il était passionnant ! J'aurais dû y penser : je n'ai pas arrêté de hurler dans tes oreilles ! Viens, je te raccompagne...

— Pas la peine... Je rentrerai avec Les et Robbie.

— Tu n'attends pas Mike ? Il devrait être dans les parages...

— Non ! » cria presque Alicia. Puis, elle se reprit : « Je vais juste lui dire que je rentre...

— Bien sûr ! Et repose-toi bien ! »

En s'éloignant, Alicia se demandait si elle aurait dû avouer la vérité à son amie.

Il y avait toutefois quelque chose de vrai, dans cette histoire : elle se sentait vraiment mal. Elle ne pouvait oublier les mots terribles de Maggie.

Elle sortit, respira profondément, essayant de retenir ses larmes.

Rentrer... Rentrer vite à la maison... Refermer la porte de sa chambre et être *seule*...

Le téléphone se mit à sonner au rez-de-chaussée.

Alicia venait de passer son pyjama et elle

allait se coucher quand sa mère frappa à sa porte.

« Entre, lui dit-elle d'une voix faible.

— C'était Mike, annonça Mme Stewart. Jennifer lui avait dit que tu étais souffrante. Il voulait savoir si tu allais mieux, mais comme tu étais couchée, il m'a laissé un message. Il m'a chargée de te dire qu'il a trouvé tout ce qui figurait sur la liste et qu'il viendra te chercher pour aller en classe, demain matin.

— Merci, maman. »

Mme Stewart s'approcha et lui toucha le front.

« J'avais bien deviné que tu étais un peu fiévreuse, ce matin.

— J'ai dû attraper froid...

— Tu devrais rester à la maison, demain.

— C'est impossible, maman ! s'écria Alicia, horrifiée. C'est le défilé, demain ! Et Mike compte sur moi ! »

Même si elle ne savait plus très bien que penser de lui, elle ne devait pas modifier leurs projets.

« Bon... On verra ça demain matin. Au fait, le match t'a plu ? Tu as si vite disparu dans ta chambre, à ton retour, que je n'ai même pas pu t'en parler. D'après Les, c'était très intéressant.

— C'est vrai ! Mais je ne connais pas grand-chose au basket !

— Je suis contente que tu t'y intéresses. Vois-tu, Alicia, j'ai un peu réfléchi à notre conversation, l'autre jour. Tu as peut-être raison, pour l'espagnol... » Là, elle lui sourit : « Au fond, je suis heureuse de voir que tu t'amuses. J'ai un peu oublié ce que c'est que d'avoir seize ans. On n'est jeune qu'une fois et c'est dommage de ne pas en profiter. Et puis, la semaine sera vite passée... »

Une fois la porte refermée, Alicia crut qu'elle allait mourir de chagrin. Les derniers mots de sa mère lui rappelaient trop ceux de Maggie. Et pourtant, Mike avait téléphoné...

12

*A*licia jeta un coup d'œil par-dessus son épaule : sur le siège arrière de la Volkswagen de Mike était posé un petit paquet dont elle avait hâte de découvrir le contenu.

« Patiente un peu, lança le garçon. Je te le montrerai une fois arrivés à l'école. Tu vas faire une de ces têtes !

— Quel boulot tu as dû avoir, pour coller tous les objets ! Notre poster est sans doute unique au monde ! Je suis désolée... J'aurais pu...

— Laisse tomber ! coupa Mike d'un geste de la main.

— Comment as-tu fait pour trouver tout ce qui était indiqué sur ma liste ? demanda Alicia.

— Je suis doué, tout simplement ! » plaisanta son compagnon.

Malgré ce qui s'était passé la veille, elle se trouvait parfaitement à l'aise avec Mike, et cela paraissait réciproque. Il se dirigea bientôt vers le parking du lycée, à la recherche d'une place. Une fois la voiture garée, il coupa le moteur.

« Tu sais, j'étais vraiment déçu que tu sois partie si vite, hier soir, avoua-t-il en se tournant vers Alicia. Quand Jennifer m'a dit que tu étais souffrante, j'ai été très ennuyé. Tu vas bien, maintenant, n'est-ce pas ?

— Ça va ! Je ne sais pas ce qui m'a pris. Je ne me sentais vraiment pas bien.

— J'avais peur que tu rates le défilé.

— Tu plaisantes ? Je ne l'aurais manqué pour rien au monde. Tu m'aurais portée sur un brancard, si j'avais été vraiment malade ! »

Mike éclata de rire, puis il s'étira pour attraper le paquet posé sur le siège.

« Prête pour la plus grande émotion de ta vie ?

— J'en retiens ma respiration ! »

Alicia s'approcha du garçon tandis qu'il enlevait la feuille de papier journal enveloppant le poster. En découvrant tous ces objets insolites, elle partit d'un grand éclat de rire ! Quant aux légendes imprimées sous chacun, elles lui arrachèrent des cris d'admiration mêlée d'étonnement...

Ainsi, sous un morceau de caramel tout noir,

dérobé à Mme Boyle, le professeur de cuisine, Mike avait composé un véritable petit boniment. Alicia pouvait être satisfaite : ne lui avait-elle pas demandé, dans la fameuse liste, une preuve que les élèves de Mme Boyle ne réussissaient pas toutes les recettes ?

L'ONGUENT DU PROFESSEUR BOYLE :

IDÉAL POUR AGRÉMENTER LES PLATS,

FAIRE POUSSER LES CHEVEUX ET

GUÉRIR LES VERRUES !

Sous le cheveu blond de Jaynie Cox, on pouvait lire :

X + JAYNIE COX = DE L'OR EN BARRE

Mike avait fixé l'une des longues espadrilles de Hollis. A la semelle, il avait collé une étiquette :

A QUOI CELA VOUS FAIT-IL PENSER ?

(Choisissez la bonne réponse)

a) un animal préhistorique,

b) un canot de sauvetage,

c) une chaussure appartenant à Skeeter Hollis,

d) tout cela à la fois,

e) autre chose.

« Mike, je ne savais pas que tu étais aussi doué ! le félicita Alicia, en essuyant des larmes de rire. Tu es extraordinaire !

— Tout n'est pas de moi, remarqua-t-il. C'est toi qui as eu l'idée !

— Mais tu dois avoir passé toute la nuit à faire ça...

— Pas vraiment, mais pas loin, reconnut-il.

Mais Maman et Kurt m'ont un peu aidé. On s'est bien amusés !

— Je n'aurais jamais pu faire un boulot pareil, reconnut Alicia.

— Comment, toi ? Tu plaisantes ! Une bûcheuse comme toi ! »

Alicia souhaita de tout cœur qu'il n'en dise pas davantage. L'éternel refrain de « la grosse tête » du lycée lui était maintenant odieux...

Ils bavardèrent un peu, échangeant leurs points de vue sur l'endroit idéal pour exposer le... chef-d'œuvre. Le hall du lycée leur sembla tout indiqué. Tout le monde passait par là.

En effet, quelques minutes plus tard, leur choix s'avérait bon. Le poster, suspendu au mur, retenait l'attention de tous les élèves arrivant à l'école. Il y eut bientôt un véritable attroupement devant, fort bruyant d'ailleurs, car chacun trouvait très drôles objets et légendes.

Alicia et Mike se tenaient un peu à l'écart, le visage rayonnant. C'était leur œuvre ; ils avaient *vraiment* quelque chose en commun, désormais. Cette semaine, Alicia ne l'oublierait jamais...

A midi, toute l'école se regroupa sur le terrain de foot pour le défilé. Il faisait un temps splendide, ensoleillé. Idéal.

Maggie fit une entrée remarquée, avec son costume de femme enfermée dans un harem. Jeff, en adoration comme toujours, la suivait. Kelly Wiserman portait une gandoura aux couleurs chatoyantes et un turban assorti.

L'orchestre entama un extrait de *Scheherazade* tandis que Linda Jordan ouvrait le défilé en djellaba et... oreilles d'âne ! Derrière, le fameux chariot de Dave Palmer.

Dave s'était fait une sorte de toge romaine avec un drap blanc, et il lançait des rondelles de carton sur la foule, d'un geste généreux, comme s'il s'agissait de pièces de monnaie dont il aurait gratifié ses admirateurs. Cette prestation eut un réel succès.

Lorsque vint leur tour, Alicia se sentit la proie d'une émotion insupportable. Elle prit place dans le défilé, tenant le poster d'un côté, tandis que Mike en saisissait le bord opposé. Ils avaient revêtu les désormais célèbres costumes de la Dame à la Licorne. Un tonnerre d'applaudissements salua leur entrée sur le stade.

Plusieurs membres du Conseil des élèves et quatre professeurs, parmi lesquels Mme Johannsen et M. Brandon, formaient le jury. Même « M. Canard » semblait apprécier le spectacle ! Un sourire releva les extrémités de sa bouche si triste d'ordinaire lorsque Greg Linville, le menton recouvert de crème à raser, s'arrêta pour que Mark Reese lui fasse la barbe avec... une hache !

Skeeter Hollis, avec sa robe mitée, s'amusa à se prendre les pieds dans l'ourlet, sûr de l'effet qu'il produirait. Puis il la releva, et les spectateurs, ahuris, découvrirent une horrible paire de pattes de poulet en caoutchouc ! Sur sa tête, il portait une corne de rhinocéros en carton et il tenait un bouquet de pissenlits fanés à la main...

Des hurlements s'élevèrent du public qui lui fit une véritable ovation.

La sonnerie retentit. Les juges allaient annoncer les résultats. Mike prit la main d'Alicia, un instant, pour lui donner du courage.

« Même si nous ne remportons aucun prix, lui confia-t-il, on se sera tout de même... bien amusés. »

Peu importait à Alicia de gagner ou non : elle partageait tout à fait son opinion. Le fait d'être là, sous les yeux de tous, avec Mike et sachant qu'il la comptait parmi ses amies, lui suffisait. C'était bien mieux que n'importe quel prix !

« *Le prix du plus beau costume* est attribué à Maggie Connaway ! » annonça M. Brandon d'une voix nasillarde.

Radieuse, Maggie s'avança pour aller chercher son prix : un bon pour un coffret de disques chez le disquaire de la ville.

Le public applaudit chaleureusement. Jeff Cross semblait aussi fier que s'il avait remporté le prix lui-même.

Comme chacun s'y attendait, *le prix du costume le plus drôle* revint à Skeeter qui se mit à battre ses coudes et à courir en faisant des cercles avec des hurlements terrifiants.

Il y eut aussi *le prix du meilleur travail,* pour Linda Jordan et Dave Palmer. Randy Cooke, le pêcheur de la piscine, remporta *le prix du numéro le plus drôle en solitaire.* Enfin, « M. Canard » annonça la dernière récompense.

« Alicia Stewart et Mike Price sont classés hors concours à l'unanimité ! »

Mike sourit à Alicia, la souleva et la fit tournoyer dans ses bras.

« Je te l'avais bien dit ! » cria-t-il.

Il la prit par la main pour aller recevoir leur prix — deux bons pour des disques : heureusement, car ses jambes ne la portaient plus... C'était le plus beau cadeau d'anniversaire dont elle eût pu rêver.

Ensuite, Jill et Jennifer se précipitèrent pour les féliciter.

« C'était vraiment comme dans un roman ! s'exclama Jill. Maintenant, tu crois aux "happy-ends" ?

— Tu as vu la tête de Maggie quand tu es allée chercher ton prix ? demanda Jennifer. Elle n'a pas l'air d'aimer partager le triomphe avec toi — ni autre chose, d'ailleurs ! » ajouta-t-elle doucement.

Jim Schumaker accourut en criant :

« Félicitations, Alicia ! C'était sensationnel !

— Je te remercie mais c'est Mike qui a fait tout le travail, tu sais ! »

Comme elles regagnaient leur classe, Jill et Jennifer lui posèrent mille questions sur Jim. Comment avait-elle fait sa connaissance ? Allait-il l'inviter au bal ? Et dans ce cas, irait-elle ?

Alicia, amusée, imaginait ce que devait res-
sentir une véritable vedette, harcelée par des
reporters et journalistes.

Toute la journée se passa ainsi. Des élèves
qu'elle connaissait à peine l'arrêtaient dans les
couloirs pour la féliciter et lui dire combien le
poster leur avait plu. Elle rencontra Ron Kemp,
un bras sur les épaules de Sylvia Hendrick.

« C'est super, Alicia ! lui cria-t-il en lui faisant
le signe de la victoire. J'ai toujours pensé que tu
étais une fille épatante ! »

Peu lui importait, désormais, sa note d'espagnol du dernier contrôle. En haut de la copie,
M. Garcia avait écrit à l'encre rouge : *« Que
vous arrive-t-il, Señorita Stewart ? J'espère qu'il
ne s'agit que d'un accident... Il faut travailler
davantage ! »*

Comment se concentrer sur des révisions, la
semaine du bizutage ? On voyait bien que
M. Garcia n'avait pas connu pareilles émo-
tions ! pensa Alicia.

Bien sûr, elle n'avait toujours pas la moindre
certitude : Mike l'aimait-il ? Une chose était certaine par contre, leurs rapports avaient changé.
De plus, dans le lycée, on la connaissait, maintenant. Les garçons s'intéressaient à elle. Finie, la
triste réputation d'Alicia « la grosse tête ».

Même si elle ne devenait pas la petite amie de
Mike, elle était enfin *quelqu'un,* au lycée de
Glenwood.

13

« *T*u ne crois pas que c'est trop salé, maman ? Tu n'as pas mis trop d'oignons, au moins... »

Mme Stewart, occupée à couper des céleris en morceaux, leva les yeux vers sa fille et lui sourit.

Les lasagnes cuisaient dans le four, répandant une délicieuse odeur dans la vaste cuisine.

« Cesse de t'agiter comme ça », déclara Mme Stewart, élégante dans une robe jaune et blanche qui mettait son teint mat en valeur. Pour la circonstance, elle avait abandonné les vieux vêtements qu'elle « finissait », selon ses propres termes, à la maison.

Facile à dire, pensa Alicia. Quand le garçon de ses rêves vient dîner à la maison...

Aucun doute là-dessus, Mike l'inviterait quelque part, ensuite. Surtout lorsqu'il apprendrait que c'était le jour de ses seize ans ! Elle avait un peu oublié sa conversation avec Maggie et reprenait espoir.

Leslie surgit dans la cuisine. Elle saisit un tronçon de céleri et le trempa dans la sauce, tout à fait à son aise.

« Ne te gêne surtout pas ! lui cria Alicia.

— Si tu continues, je dirai à Mike que tu as écrit son nom sur toutes les pages de ton cahier de textes ! lança la petite d'un air espiègle.

— Si tu oses...

— Ça suffit, les enfants ! » coupa Mme Stewart d'une voix autoritaire.

A six heures moins le quart, Alicia prit une douche et mit les vêtements que ses parents lui avaient offerts pour son anniversaire. Elle se maquilla et se coiffa. Quand elle se planta devant son miroir pour juger du résultat, elle fut satisfaite.

La jupe était d'un joli bleu pastel avec une veste assortie. Le chemisier, vert sombre, avait des manches longues et de jolis boutons aux poignets.

Alicia réalisa à ce moment-là qu'elle avait *vraiment* un an de plus. En cette occasion, elle enfila une paire de collants très fins.

A six heures trente précises, la sonnette retentit. Mike était là... Alice se sentait si nerveuse qu'elle ne pouvait maîtriser le tremblement de ses mains. Sa brosse à cheveux lui échappa à deux reprises puis elle se prit les pieds dans le fil du téléphone...

Quand elle arriva enfin dans le salon, Mike était déjà en grande conversation avec ses parents. Ses yeux brillèrent d'admiration en la voyant.

« Comme tu es belle, Alicia ! En quel honneur ? Moi qui croyais que c'était un dîner en toute simplicité... On dirait que tu attends un invité de marque !

— En effet, Mike, c'est mon anniversaire », avoua-t-elle un peu honteuse.

Le garçon parut soudain pétrifié.

« Pourquoi ne me l'as-tu pas dit avant ? J'ai l'air d'un idiot, moi. Si j'avais su... Je n'aurais pas apporté tout ça ! protesta-t-il en désignant une pile de livres sur la table du salon. Tu sais, j'ai un devoir d'anglais pour la semaine prochaine et j'avais pensé que tu aurais pu m'aider un peu. Si j'avais su que c'était ton anniversaire... »

Alicia se sentit un peu déçue. Elle avait tant rêvé à ce qui suivrait, après le dîner ! Et lui, il n'avait pensé qu'à lui demander de l'aider à faire un devoir. La « grosse tête », toujours...

« Tu as raison, j'aurais dû te prévenir, réussit-elle à articuler. Mais j'ai pensé que cela n'avait aucune importance... »

La soirée était fichue pour elle. Par sa propre faute ! Où était-elle allée chercher l'idée que dîner chez une fille était une chose ordinaire ?

Un peu comme lorsqu'elle était elle-même invitée chez Jill ou Jennifer...

Jamais Alicia ne s'était sentie aussi triste de sa vie. Le dîner sembla durer une éternité. Elle pouvait à peine manger et encore moins suivre la conversation. Elle devinait la gêne de Mike, aussi, et à une ou deux reprises, il la dévisagea avec un regard interrogateur. Mais elle s'efforça de ne pas rencontrer ses yeux...

Elle l'entendait, comme dans un brouillard, répondre aux questions de ses parents sur l'école et sa famille. Leslie dévia sur le basket-ball, rappelant à Alicia qu'elle n'en avait pas parlé elle-même avec Mike. Comme elle avait l'air triste et mal à son aise, à côté de sa sœur, pleine de vie !

Elle s'appliqua à souffler lès bougies de son gâteau d'anniversaire. Toutes les seize d'un seul coup ! Mais elle ne fit pas un vœu, comme les années précédentes. Pourquoi souhaiter quelque chose qu'elle ne pourrait jamais obtenir ? Sa crème glacée fondit bientôt et forma une petite mare dans son assiette. Elle avala une bouchée ou deux, seulement, du délicieux gâteau aux bananes.

Mike, pour sa part, finissait tout ce que Mme Stewart lui servait et acceptait même d'en reprendre. Visiblement, il était plus intéressé par la nourriture que par elle, pensa Alicia.

Après dîner, Mme Stewart disparut discrètement dans la cuisine tandis que son époux gagnait son bureau pour travailler un peu.

Leslie, pour sa part, planait dans un ciel sans nuages, ne tarissant pas d'éloges sur Robbie, au téléphone avec une amie à elle.

Alicia et Mike se retrouvèrent seuls au salon, assis sur la banquette.

« Hum ! » Mike eut un raclement de gorge, comme s'il cherchait à s'éclaircir la voix avant de parler. Il fixait du regard une aquarelle du père d'Alicia, suspendue au mur d'en face. Un océan déchaîné sous l'orage...

« Ta mère est un sacré cordon-bleu ! dit-il enfin.

— Je le sais.

— La mienne se débrouille très bien, aussi, quand elle a le temps. Hélas, ce n'est pas souvent le cas. »

Il y eut un silence, puis le garçon fit une nouvelle tentative pour engager la conversation.

« Tes parents ont dû être drôlement fiers de toi, pour le prix !

— Oui...

— Au fait, tu sais la dernière ? M. Thomas veut laisser le poster exposé encore quelques jours... Tu es d'accord ?

— C'est *ton* poster ! » riposta Alicia.

Mike la regarda, le visage sombre.

« D'accord, Alicia, on laisse tomber tout ça. Mais qu'est-ce qui t'arrive ? On dirait que ma présence ici te dérange. Je suis désolé, mais je ne savais pas que c'était ton anniversaire. Tu aurais dû me prévenir, tu sais. Je te le répète !

— Cela n'a rien à voir avec mon anniversaire ! Je t'assure, Mike, cela n'a pas d'importance. *Vraiment*. Tu n'as pas besoin de te forcer à être gentil avec moi. La semaine est bientôt finie...

— Qu'est-ce que signifie cette remarque ? demanda Mike, furieux. Je ne te comprends pas, Alicia ! Pas du tout !

— Peu importe ! A quoi bon... »

Elle avait enfoui ses mains sous les plis de sa jupe et se retenait de toutes ses forces pour s'empêcher de fondre en larmes.

« Vois-tu, Alicia... commença Mike en se levant, je pensais que nous étions vraiment amis, toi et moi. Cela prouve combien on peut se tromper, parfois ! »

Alicia resta muette. Il se dirigea vers la porte.

« N'oublie pas tes livres, Mike », lança-t-elle d'une voix presque inaudible.

Il revint vers la table.

« Tu remercieras ta maman pour cet excellent dîner. »

Là-dessus, il sortit d'un pas las. La voiture démarra bientôt.

Cette fois, c'en était fini de ses beaux rêves, pensa Alicia. Il ne lui adresserait plus jamais la parole. Et elle éclata en sanglots...

14

*L*a sonnerie du téléphone
retentit de bonne heure, le lendemain matin.
Alicia était encore au lit.

« Prête pour le bal de ce soir ? demanda Jennifer d'une voix gaie avant qu'Alicia ait eu le
temps de lui dire bonjour.

— Tu te trouves drôle ? grogna cette dernière.
Il y a des plaisanteries de meilleur goût, tu sais...

— Qui te parle de plaisanterie ? riposta l'autre. C'est la stricte vérité ! Tu iras au bal, un
point c'est tout ! Kevin a un copain, Brian...
Bref, peu importe, tu ne le connais pas. Eh bien,
Brian devait aller au bal avec sa copine et paf !
hier soir : la rupture !

— Qu'est-ce que j'ai à voir là-dedans ?

— Une seconde... Laisse-moi terminer... »

Jennifer prit une inspiration profonde...

« Brian nous a raconté cette histoire de rupture, et Kevin lui a parlé de cette amie formidable que j'ai...

— Arrête, je t'en prie ! cria Alicia.

— Détends-toi ! Je ne lui ai pas dit que personne ne t'avait invitée. J'ai parlé d'une coïncidence extraordinaire : le garçon qui t'avait invitée avait été obligé de quitter la ville à cause d'un événement survenu dans sa famille.

— Tu ne manques pas de toupet, protesta Alicia, vraiment bien réveillée, maintenant.

— Ce qui est extraordinaire, tu m'entends bien ? *extraordinaire*, c'est qu'il t'a aussitôt invitée ! Tu te rends compte ? Je l'ai assuré que tu accepterais mais que je devais t'en parler avant, bien entendu.

— Jennifer ! Qu'est-ce qui t'a pris ?

— Si tu essayais d'être simple une fois dans ta vie ? Tout est arrangé. Tu viendras avec Kevin et moi. Brian nous rejoindra là-bas, car il habite à quelques kilomètres, à Redwood. »

Alicia n'était toujours pas convaincue.

« Je n'irai pas. Je n'ai rien à me mettre, d'une part. Et, d'autre part, tu sais parfaitement combien c'est humiliant d'être invitée à la dernière minute !

— Et rester chez toi, tu crois que ce n'est pas humiliant ? D'ailleurs, tout est arrangé.

— Tu me prends pour Cendrillon... ricana

Alicia. Je n'y avais pas pensé plus tôt, figure-toi. Mes sœurs vont au bal et pas moi...

— Exactement ! plaisanta Jennifer. Comme pour Cendrillon, nous avons fait ce qu'il fallait pour te procurer une robe. J'ai déjà appelé Jill, et nous passerons te chercher dans une heure pour quelques achats indispensables !

— Pas question ! De quoi vous mêlez-vous ? Et si je préférais rester à la maison... »

Elle avait beau se forcer, elle ne parlait pas sur un ton convaincant.

Il y eut un silence, puis Jennifer reprit :

« Honnêtement, Alicia, parfois, je ne te comprends pas ! Je pensais que tu mourrais d'envie d'y aller ! »

Bien sûr, mais avec Mike. L'échec de la soirée d'hier revint à l'esprit d'Alicia.

« Et puis, je ne le connais pas, ce Brian ! protesta-t-elle. Je n'en ai jamais entendu parler, non plus ! Comment est-il ?

— Je te dirai tout sur lui ! A tout à l'heure. »

Alicia n'était toujours pas décidée quand Jennifer vint la chercher à neuf heures trente. Ce Brian Smith lui plairait-il ? Et elle, comment la trouverait-il ? Et puis, la pensée de voir Mike tenant Maggie dans ses bras la glaçait d'horreur. Et pourtant...

C'était bien vrai, qu'elle ferait penser à Cendrillon si elle restait à la maison, à regarder Leslie se préparer. De plus, si elle allait au bal, personne ne pourrait l'accuser d'avoir inventé l'histoire de l'invitation avec un inconnu. Ce serait, en fait, en partie vrai.

Aussi finit-elle par déclarer qu'elle acceptait.

« Je savais que tu deviendrais raisonnable, dit Jennifer, quelques instants plus tard, en lui lançant un regard entendu tout en cherchant une place sur le parking du magasin. Tu ne le regretteras pas, crois-moi !

— J'ai déjà entendu ça quelque part... marmonna Alicia.

— Je l'ai vu, lança Jill, rêveuse. C'est tout à fait ton genre de garçon, Alicia.

— Et quel est *mon* genre ?

— Grand et fort ! » assura Jill pour toute réponse puis elle partit d'un éclat de rire.

« Grand ? s'étonna Alicia. Je n'ai jamais été tentée par Rhett Butler ! »

Les trois filles se mirent en route : elles se rendirent d'abord dans un magasin où Jill avait remarqué une robe splendide en vitrine.

Selon elle, elle irait à Alicia à la perfection. Celle-ci l'essaya mais ne fut pas emballée. Elle avait l'impression de ressembler à Skeeter Hollis ! A la fin, après avoir passé des tas de robes, elle en trouva une à son goût ; qui plus est, elle lui allait à ravir. Elle était constituée d'un bustier monté sur une jupe vaporeuse. L'ensemble était rose, en soie, du plus bel effet sur elle.

« Tu es splendide, Alicia ! jeta Jennifer comme son amie tournoyait devant le miroir.

Brian va tomber amoureux de toi ! C'est comme si c'était fait !

— J'aurais tellement aimé aller à ce bal avec Mike ! » avoua Alicia, les yeux subitement pleins de larmes.

Ses deux amies échangèrent un regard.

« Qu'est-ce qui s'est exactement passé entre vous deux, hier soir ? demanda Jennifer d'une voix douce. Tu ne nous as pas donné beaucoup de détails !

— Raté ! C'était complètement raté ! rétorqua vivement Alicia. Vous comprenez ? Mike me considérait seulement comme une amie. Maintenant, je ne peux même plus attendre cela de lui !

— Qu'est-ce qui te permet d'affirmer qu'il ne souhaitait rien d'autre qu'une simple amitié ? » demanda Jill, impatiente.

Alicia évoqua en détail la soirée de la veille.

« Si un garçon a vraiment envie de sortir avec une fille, il n'arrive pas chez elle, pour un dîner, les bras chargés de livres, non ?

— Et alors ? s'exclama Jennifer. Kev et moi travaillons souvent ensemble !

— C'est différent. Vous deux, vous sortez ensemble depuis longtemps !

— Cela manque peut-être de romantisme mais c'est ainsi, plaisanta Jennifer.

— Et si tu te trompais, suggéra Jill, pleine d'espoir. Tu avais proposé à Mike de l'aider dans son travail, c'est normal, après tout !

« — Pas le jour de mon anniversaire, tout de même !

— Mais puisqu'il l'ignorait, Alicia ! Réfléchis un peu, voyons !

— Vous êtes de son côté toutes les deux ! protesta Alicia, d'une voix glaciale.

— Mais non ! assura Jennifer.

— J'en doute, déclara Alicia. Ce que je sais, c'est que chaque fois que Jill et toi vous essayez de faire quelque chose pour moi, c'est pire qu'avant. Si vous n'aviez pas eu cette idée, pour mon anniversaire, je ne serais pas dans un pétrin pareil, en ce moment !

— Je meurs de faim, coupa brusquement Jill. Si on allait manger quelque chose... »

Elles se rendirent au Soup Bowl, un snack où elles commandèrent une salade de chou cru. Jill lorgnait une énorme coupe de crème glacée, dans la vitrine, mais ses amies l'aidèrent à y renoncer : n'entamait-elle pas un nouveau régime ? Et elle leur avait demandé de l'empêcher de faire des choses qu'elle regretterait par la suite.

Elles passèrent le reste de l'après-midi à essayer des vêtements et des maquillages dans différentes boutiques. Pour accompagner sa nouvelle robe, Alicia s'acheta un châle aux franges de dentelle et un nouveau rouge à lèvres.

Jennifer essaya une douzaine de paires de chaussures avant d'en trouver une qui aille avec sa robe. Puis elle traîna ses amies de maroquinier en maroquinier avant de conclure que tous les sacs étaient affreux.

Cette matinée de shopping avait fait beaucoup de bien à Alicia. Elle se sentait détendue. Elle pouvait enfin mieux analyser ce qui s'était passé la veille.

Son attitude aussi ridicule que puérile lui sauta aux yeux. Comment Mike aurait-il pu deviner ce qu'elle éprouvait pour lui ?

Pourtant, en se remémorant tous les événements de la semaine, elle ne pouvait pas dire qu'il avait essayé d'aller plus loin avec elle. Il lui avait pris la main, et c'était tout... Il lui avait dit qu'il appréciait sa compagnie, qu'elle était jolie, aussi, mais c'était sans doute par pure politesse.

Son imagination lui avait joué de mauvais tours. Et, pour parfaire le désastre, elle l'avait pratiquement mis à la porte !

Alicia réalisa combien il aurait été préférable de devenir son amie, si c'était cela seulement qu'il souhaitait. En était-il encore temps ? Comment savoir... ? Pas avant le bal, de toute façon... Et, si elle le rencontrait au bal, il serait trop occupé avec Maggie pour lui prêter attention. Aussi décida-t-elle d'essayer de s'expliquer avec Mike lundi, au lycée, et de lui demander de l'excuser.

En attendant, le bal allait l'occuper... Et puis, il y avait aussi ce mystérieux Brian Smith. « Grand et fort », selon les propres termes de Jill.

15

« *M*a brosse ! Où est passée ma brosse ? Alicia, ma brosse à cheveux ? Je ne la trouve plus !

— Un peu de calme, Les ! » s'exclama Alicia installée devant sa table de toilette. Elle reboucha son flacon de vernis puis souffla sur ses ongles pour les faire sécher plus rapidement. « Après tout, pas la peine de s'agiter comme ça pour un simple bal !

— Un *simple bal* ? répéta Leslie, stupéfaite. Mais tu ne sais pas de quoi tu parles, ma pauvre Alicia ! La soirée la plus merveilleuse de ma vie, tu appelles ça un *simple bal* ! »

Elle s'arrêta au milieu de la chambre de sa sœur : Alicia ne put réprimer un petit sourire. La moitié des cheveux de Leslie étaient encore enroulés sur leurs bigoudis tandis que l'autre moitié tombait en une masse de boucles blondes.

« Je me demande comment tu fais pour être si calme, toi, lança Leslie. Ma parole, tu ne te rends pas compte de ce que représente un premier bal ! »

L'arrivée de leur mère évita à Alicia de répondre.

« Mademoiselle est servie ! annonça-t-elle. J'ai posé délicatement ta robe sur le dossier d'une chaise, dans ta chambre, Les. Je l'ai bien repassée, aussi tâche de ne pas t'asseoir dessus avant de la mettre... Heureusement que celle d'Alicia ne se froisse pas, sinon j'aurais eu un sacré boulot !

— Maman, j'ai perdu ma brosse, grogna Leslie. Je ne serai jamais prête ! »

Mme Stewart et Leslie quittèrent la chambre d'Alicia. Un instant après, celle-ci entendit la voix de sa mère :

« La voilà, ta brosse !

— Où l'as-tu dénichée ?

— Sous ton nez ! Si tu étais un peu plus ordonnée... »

Une demi-heure plus tard, Leslie était encore plus nerveuse... La sonnette venait de retentir : il y avait de quoi perdre ses moyens ! C'était Robbie. Costume sombre et cravate, quelle classe ! Et pour parfaire le tout, ce jeune homme bien éduqué apportait une boîte en provenance du plus grand fleuriste de la ville.

Leslie l'accueillit comme s'il s'agissait du Prince Charmant.

« Oh ! Leslie, comme tu es belle ! » s'exclama le garçon, les yeux brillants d'admiration. Il lui tendit la boîte...

« Elle est blanche, dit-il, tandis que Leslie enlevait le papier de soie qui l'enveloppait. Comme je ne savais pas de quelle couleur serait ta robe, j'ai préféré rester neutre...

— Une orchidée ! » s'écria Leslie, avec un sourire radieux, sans la moindre honte pour son appareil dentaire.

Ils se tenaient près de la cheminée lorsque M. Stewart saisit son appareil et prit une demi-pellicule de photos. Puis ils se dirigèrent vers la porte, Robbie tenant délicatement la main de Leslie.

« A tout à l'heure, Alicia ! lança celle-ci à sa sœur. Et bonne chance avec qui tu sais ! »

Jennifer et Kevin arrivèrent peu après pour chercher Alicia. Le garçon avait quelque chose d'un corbeau avec son smoking...

« Brian a une sacrée chance ! lança-t-il avec un sifflement d'admiration. Il va tomber dans les pommes, en te voyant.

— Il aurait pu venir avec vous, regretta Alicia.

— Un peu de patience, mademoiselle ! répliqua son amie. C'était plus pratique, pour lui, de nous rejoindre là-bas, je te l'ai déjà dit. »

Jennifer était ravissante, dans sa robe de voile, couleur abricot, mi-longue. Une rose de soie piquée dans ses cheveux noirs bien lisses lui donnait un charme fou.

« Je savais que tu finirais par venir ! » s'écria Kevin en mettant ses mains devant son visage comme pour se protéger d'une réaction... violente de sa camarade.

Alicia était beaucoup trop occupée pour s'amuser, maintenant ! Elle donna un dernier coup d'œil dans le miroir de l'entrée, contemplant avec ravissement la jeune fille qui s'y reflétait. Elle avait l'impression que ce n'était pas vraiment elle. En tout cas, rien à voir avec « la grosse tête du lycée »...

Sa coiffure ondulait en vagues vaporeuses autour de son visage légèrement maquillé, ce qui lui donnait un éclat particulier.

« J'espère que ce Brian va te trouver très belle... » dit Mme Stewart en embrassant sa fille.

Le gymnase ressemblait à une vraie salle de danse. Alicia resta stupéfaite... Elle fut bientôt aveuglée par le chatoiement des lumières qui jouaient sur les couleurs des robes. On avait tendu des rubans dorés le long des murs, à la hauteur du plafond.

Certaines banderoles le traversaient en diagonale. Au centre, une boule d'argent brillait de mille feux. Le buffet était recouvert d'une immense nappe de papier argenté.

L'un des murs portait les photos prises durant la semaine. Des groupes s'arrêtaient pour les regarder tandis que fusaient de joyeux éclats de rire.

Jennifer et son cavalier s'étaient mis à la recherche de Brian, aussi Alicia, histoire de se donner une contenance, s'approcha-t-elle des photos. Au passage, elle reconnut Ron et Sylvia, Laura Petterson et Eric Berger. Un peu plus loin, Les et Robbie dansaient, comme s'ils étaient seuls au monde. Alicia fut attendrie de voir sa petite sœur si heureuse. A son grand soulagement, elle n'aperçut ni Mike, ni Maggie...

Elle regardait une photo sur laquelle elle figurait, juchée sur les épaules de Mike, quand une main se posa sur son coude.

« Quand je te le disais, que nous formions une sacrée équipe, tous les deux... »

Elle sursauta. Cette voix, elle la reconnaîtrait entre mille...

« Mike ! Je... Je ne t'ai pas vu arriver... dit-elle en pivotant sur ses talons.

— C'est que je voulais te surprendre... Voir si tu m'adresserais encore la parole...

— Oh ! Mike... murmura-t-elle heureuse.

— Attends ! dit-il en levant une main. Me voilà rassuré sur un premier point. Mais je voulais aussi m'excuser pour hier soir. Après que Jennifer m'eut dit...

— Jennifer ? coupa Alicia. Qu'est-ce qu'elle t'a dit ?

— Ne lui en veux pas. Je l'ai appelée, en rentrant chez moi, histoire de savoir si elle avait une idée pour justifier ton comportement bizarre... poursuivit-il avec un sourire.

— Un de ces jours, je vais l'étrangler ! » lança Alicia. Mais elle avait du mal à paraître furieuse, tant elle était heureuse, à cet instant.

« Alicia, je regrette beaucoup la tournure qu'a prise la soirée d'hier. Quel gâchis ! dit Mike d'un air grave. Je pensais que tu avais compris ce que je ressentais pour toi.

— Je... Je pensais que tu voulais seulement que nous soyons amis ! parvint à articuler Alicia, ne pouvant croire ce qu'elle entendait.

— *De vrais amis* ! corrigea-t-il, en passant son bras autour de sa taille. Au fait, j'ai quelque chose pour toi... Une sorte de cadeau d'anniversaire à retardement. Il est dans la voiture. Viens... »

Tout à coup, Alicia se souvint de son rendez-vous. Brian le bel inconnu...

« Mike, c'est impossible ! J'attends quelqu'un...

— Tu veux parler de Brian Smith ?

— Comment le sais-tu ?

— Facile. Veux-tu que je fasse les présentations ? Alicia Stewart, Brian Smith, alias Mike Price. »

Il se pencha et lui fit un baise-main. Alicia eut l'impression que le sol se dérobait sous ses pieds...

« Quoi ? souffla-t-elle, tremblant d'émotion.

— C'est une longue histoire, mais je veux te la résumer, si tu veux », proposa Mike.

L'après-midi, Maggie lui avait fait une scène de jalousie au sujet d'Alicia, exigeant de savoir ce qu'il ressentait vraiment pour elle. Lorsqu'il lui eut avoué la vérité, elle était entrée dans une véritable fureur, déclarant qu'elle refusait de l'accompagner au bal. Elle avait prétexté qu'elle s'était déjà engagée avec Jeff Crosse avant que Mike ne l'invite. Pour sauver la face, bien entendu...

« Au cours de ma conversation au téléphone avec Jennifer, poursuivit le garçon, celle-ci m'a appris que ton invitation au bal avec le copain de son frère avait été annulée au dernier moment. J'aurais bien aimé te proposer de t'accompagner, mais je n'en ai pas eu le courage. J'imagine que tu étais trop en colère contre moi pour accepter. Alors, avec l'imagination que tu lui connais, elle a eu une idée de génie : me faire passer pour ce prétendu Brian Smith... D'après elle, tu adores les surprises... Alors j'ai voulu tenter ma chance. Et voilà ! Tu sais tout ! »

Alicia éclata de rire.

« Je vais lui faire passer l'envie de manigancer des trucs pas possibles !

— Viens ! Le cadeau... Dans ma voiture », dit Mike d'une voix douce.

Ils sortirent ensemble et, pour la première fois, elle remarqua combien il était beau, distingué même, en costume bleu et cravate. Quand ils arrivèrent à la voiture, il lui tendit un paquet enveloppé d'un papier luxueux.

« Bon anniversaire ! Mieux vaut tard que jamais ! » lança-t-il soudain intimidé.

Alicia ôta les feuilles de papier de soie pour découvrir une superbe lampe à pétrole — une copie de la lampe ancienne qu'ils avaient vue ensemble au musée.

« Mike ! Tu n'aurais pas dû... lança-t-elle, émue. C'est... C'est magnifique !

— Tout le monde a besoin d'un peu de magie, tu sais », dit-il avec tendresse en l'entourant de ses bras pour poser ses lèvres sur les siennes.

Elles étaient tièdes et douces. Même dans ses rêves les plus fous, Alicia n'avait pas envisagé que ce baiser serait aussi délicieux.

Le ciel brillait de milliers d'étoiles, en cette nuit de printemps. L'odeur de l'herbe fraîchement tondue était enivrante tandis que la musique, lointaine, les berçait d'une douce mélodie.

Ils prirent le chemin de la salle de bal. Mike avait laissé un bras sur les épaules d'Alicia, toujours sous le charme de ce premier baiser.

« Regarde... A droite... murmura soudain le

garçon en serrant la main de sa compagne dans la sienne.

— Jeff Crosse et Libby White ! »

Les deux jeunes gens, enlacés, dansaient au rythme d'un slow. Le plan de Maggie avait lamentablement échoué. Mais Alicia était si heureuse qu'elle n'éprouvait pas la moindre satisfaction de voir que Maggie n'avait pas réussi à faire de Jeff son chevalier servant pour le bal.

Mike l'entraîna sur la piste. Il lui leva un peu le menton et déposa un doux baiser sur ses lèvres.

« Je voudrais te demander quelque chose, souffla-t-il à son oreille, tout en dansant. Comment une fille *comme toi* peut-elle trouver inté-ressant un type *comme moi* ?

— Tu me connais mal », chuchota Alicia, fer-mant les yeux pour mieux apprécier la magie de l'instant.

 **Sweet Dreams**

Enfin des livres où les pages
vous prennent dans leurs bras.

*La série SWEET DREAMS : une série avec pour toile
de fond la musique, les rencontres, les vacances, le
flirt...*
Découvrez-la.

119 UNE FILLE   Rosemary
VRAIMENT SUPER   VERNON

« Voilà, Joleen, j'ai préparé ton emploi du temps.
Lundi, rendez-vous chez le coiffeur. Mardi, bronzage
accéléré. Mercredi... tu devras aborder au moins vingt
personnes dans la rue pour leur demander l'heure.
– Mais tu es folle, Frannie, je n'oserai jamais!
– Ecoute, Joleen, c'est le seul moyen de vaincre ta
timidité. Tu ne vas pas rester gourde toute ta vie...
Au fait, j'oubliais, nous irons au bal, vendredi soir! »
Frannie était bien décidée à faire de sa cousine une
fille vraiment super! Elle lui trouverait un garçon...
qu'il lui plaise ou non!...

120 QUAND TU OUBLIERAS   Barbara CONKLIN

« C'était toi cette petite fille? » demanda Dan plongé
dans un vieil album de famille.
Je me penchai sur son épaule. Oui, c'était bien moi. Je
devais avoir cinq ans. Dan se retourna.
« Tu étais jolie quand tu étais petite. »
Troublée, je voulais changer de conversation...
Depuis la mort de Paul, mon ami le plus cher, je me
croyais incapable de sortir avec d'autres garçons.
Mais Dan était bien vivant... Il fallait que j'oublie Paul
et tout notre passé. Il le fallait...

Jack se rapprocha de moi et me prit la main. J'essayai de me concentrer sur le film; c'était la scène la plus attendue, la fameuse scène d'amour dont tout le monde parlait.

Jack m'enlaça, se pencha sur moi, je n'osai plus respirer... Soudain une tête s'interposa entre nous et hurla : « STOP! »

Jack fit un bond d'un mètre. « Mais, Charline, qu'est-ce que...? » souffla-t-il.

Saisie, je me retournai : j'étais nez à nez avec Adam.

« Heu... excuse-moi, Jack, j'ai oublié de te prévenir. C'est mon frère aîné... il me suit partout... »

Je me serais cachée sous terre!

121 SI J'AVAIS SU...   Jeanne ANDREWS

« Greg! Toi ici!
– Je te rappelle que nous avons rendez-vous. Tu ferais mieux de te grouiller, on va être en retard.
– Tu n'es pas obligé de m'emmener danser ce soir. Tu seras avec "ta chère Sarah". Je risque de vous déranger.
– Sarah? Qu'est-ce que tu racontes? Je ne vais quand même pas danser avec ma sœur!... ».

124 TU ME CONNAIS MAL   Marian WOODRUFF

« Chère demoiselle, vos désirs sont des ordres... »
Mike aborda Alicia au moment où elle sortait du cours de maths.

Il la dominait, le regard amusé.

Pourvu qu'il ne devine pas combien il l'attirait!

« Alors, Alicia, se moqua-t-il, je te rappelle que je suis ton chevalier servant jusqu'au bal de samedi, et j'attends encore les épreuves que tu dois me faire passer.
– Eu... oui, Mike, fit-elle en rougissant, tu vas voir, je t'ai réservé quelque chose de... spécial! »

Mike l'avait toujours considérée comme « la bonne élève, sérieuse et tout... », mais Alicia était décidée à lui prouver qu'il la connaissait bien mal...

 **Sun Valley**

Enfin des livres
qui vous font entrer dans la vie :

*Etes-vous tendre, affectueuse, sincère, désintéressée
comme Elizabeth?
Connaissez-vous une fille coquette, intrigante,
menteuse, arriviste comme Jessica?
Les sœurs jumelles de SUN VALLEY vous invitent à
partager leurs secrets.*

400 SŒURS RIVALES   Francine PASCAL
« Allô, c'est Jess ou Liz?
– Jessica, bien sûr. Qui est à l'appareil?
– Salut, Jess, c'est Todd. Elizabeth est-elle là? »
Les sourcils de Jessica se froncèrent.
C'était à *sa sœur* que le plus beau garçon du lycée
voulait parler. Cette idée lui fut insupportable.
« Non. Liz n'est pas encore rentrée.
– Ah?... »
Elle remarqua avec plaisir de la déception dans la
voix de Todd.
« Bon, merci. Je rappellerai. »
Liz sortait à ce moment de la salle de bains et
demanda :
« Qu'est-ce que c'était, Jessica?
– Oh, rien, un faux numéro!... »

401 LA PREUVE CACHÉE   Francine PASCAL
« Enid! s'exclama Jessica d'un ton méprisant. Je me
demande ce que ma propre sœur peut trouver à cette
godiche.
« Voyons, Jess. Enid est une jeune fille très
sympathique. Liz et elle ont beaucoup de points
communs.

– Mais maman, elles sont là toute la journée à comploter !

– J'ai l'impression que tu es un peu jalouse. Elles se préparent pour le bal d'Automne, voilà tout.

– Ne t'inquiète pas, d'une façon ou d'une autre je saurai bien ce qu'elles manigancent !... »

402 NE M'APPROCHE PAS — Francine PASCAL

« Liz, viens voir ! J'ai acheté une robe fantastique au Boston Shop.

– Quoi ? Tu es entrée là-dedans ? Tu avais juré de ne jamais mettre les pieds dans ce magasin de snobs.

– Oh, c'était «avant»... D'ailleurs Bruce trouve que c'est vraiment très mode.

– Justement, Jessica. Je voulais t'en parler.

– Ah oui ?

– Tu ne t'étonnes pas qu'un garçon, qui, pendant six mois te fuyait comme la peste, te tombe maintenant dans les bras, sans raison ?

– Sans raison ! Tu parles ! J'ai l'impression que c'est TOI qui lui faisais peur ! »

403 TU LE PAIERAS — Francine PASCAL

« Quoi ? Tu veux faire entrer Marian Wilson au club du lycée ? Tu ne vois pas la touche qu'elle a à côté de Lila, Karen et des autres ? Un vrai boudin ! On va se moquer de nous ! Non, vraiment, Liz, tu rêves ! »
Elizabeth poussa un soupir.

« Je t'en prie, Jessica, arrête. J'ai promis. Et puis, je te rappelle que Marian est ton amie, et pas la mienne !

– Mon amie ! Ce n'est pas ma faute si elle est un peu collante !

– De toute façon, Jessica, il n'y a pas à revenir là-dessus. Je... »
Elizabeth n'eut pas le temps de finir : la porte claqua derrière cette menace :
« C'est ce qu'on verra ! »

404 UNE NUIT D'ATTENTE   Francine PASCAL

« J'y vais », lança Elizabeth à sa mère tout en courant
décrocher le téléphone. C'était Jessica.
« Mais où es-tu ? Je t'ai attendue toute la nuit.
Est-ce que tu te rends compte...
– Liz, je t'en prie, c'est une longue histoire. Je te
raconterai plus tard. »
Elle semblait au bord des larmes.
« Tu ne peux pas savoir ce que j'ai enduré. Je... je ne
supporterais pas que les parents l'apprennent. »
Dans quel pétrin Jessica s'était-elle encore fourrée...
et comment sa sœur allait-elle cacher son absence ?...

405 NE JOUE PAS À ÇA   Francine PASCAL

« Liz ! Pense à tes parents.
– Eh bien quoi, mes parents... ?
– Je leur ai donné ma parole de ne jamais t'emmener à
moto.
– Écoute, Todd, ce n'est pas toi qui m'emmènes, c'est
moi qui insiste pour essayer au moins une fois. Je veux
savoir l'effet que ça fait...
– Et Jessica ! Elle devait venir te chercher, non ?
– Elle ne viendra plus, tu la connais... Allez, Todd,
accepte... C'est très important pour moi ! »
A contrecœur, Todd la laissa grimper sur le siège
arrière de sa moto. Au moment de démarrer, pourtant,
un curieux pressentiment l'envahit...

406 L'INTRIGANTE   Francine PASCAL

« Dis donc, Jess, quelle mouche a piqué ta sœur, ce
soir ?
– Qu'est-ce que tu veux dire, Clara ? »
Jessica releva la tête au-dessus des piles de sandwiches
qu'elle disposait avec soin.
« Je ne sais pas, mais j'ai l'impression qu'elle drague
tous les garçons !
– Elle a bien le droit de s'amuser !
– Bien sûr Jess, mais depuis son accident, Liz,
ta petite sœur modèle, se conduit comme une
intrigante. »

« Tu sais, Liz, Todd est content de retrouver Patsy, c'est tout. Ils sortaient ensemble avant qu'elle parte pour l'Europe, il y a deux ans.
– Alors ils n'ont pas rompu ? Tu peux me dire la vérité, Olivia.
– Ben... non, je ne crois pas. Mais ça ne signifie rien, Liz, tout ça c'est du passé ! »
Élizabeth ne savait plus que penser. La jalousie lui paraissait ridicule, pourtant elle ne pouvait s'empêcher de haïr de plus en plus cette Patsy. C'était plus fort qu'elle...

IMPRIMÉ EN FRANCE PAR BRODARD ET TAUPIN
58, rue Jean Bleuzen - Vanves - Usine de La Flèche, 72200
Loi n° 49-956 du 16 juillet 1949 sur les publications destinées à la jeunesse.
Dépôt : octobre 1986.